AF139315

Der Havixdorf-Komplott

1. Auflage März 2014

Copyright 2014 by Andreas Belke
Coverzeichnung: Andreas Belke
Korrektorat: Korrektorat & Lektorat Judith Bingel
Herstellung und Verlag:
BoD - Books on Demand, Norderstedt
ISBN 978-3-7322-9382-7

Andreas Belke

Der Havixdorf-Komplott

Ein Vergabekrimi

Für Sandra
Danke für die letzten 24 Jahre

Der Auslöser

Dienstag, 13. August

Ich war aufgewacht, weil die Vögel so laut gezwitschert hatten, diese blöden Viecher, und die Sonne war erbarmungslos in mein Zimmer eingedrungen. Die Sonnenstrahlen signalisierten: Aufstehen! Doch ein Blick auf die Uhr hatte gezeigt, dass es erst 8:30 Uhr war. Der letzte Abend war, wie so oft, spät beendet worden. Wir waren noch zu dritt im Piano gewesen, das Bier aus dem Sauerland war reichlich geflossen. Ich hatte überlegen müssen, welcher Tag angebrochen war. Es war Dienstag und nichts Wichtiges hatte mehr angestanden. Die Vorlesungen des soeben früh begonnenen Wintersemesters hatten eh schon alle begonnen. Also war noch Zeit, ich hatte mich umdrehen wollen, um wieder einzuschlafen. Diesen Plan hatten einsetzende Kopfschmerzen vereitelt. In Rückenlage, die Arme von mir gestreckt und die Beine gespreizt, hatte ich versucht, in das Land der Tagträume zu reisen. Das funktioniert oft. Die Gedanken waren jedoch zur Realität gewandert. Wo befand ich mich nun im Leben, nach neunundzwanzig Jahren - im Jahre des Herrn 1992 -, auf diesem Blauen Planeten?

Verliebt war ich, und das nun schon einige Monate. Susanne, die Germanistik studierte und vier Jahre jünger war, hatte meine Welt rosarot gefärbt. Mein Studium des Bauingenieurwesens entwickelte sich zum Selbstläufer. Dies nicht unbedingt aufgrund meines Wissens. Hier war vielmehr das gut funktionierende Netzwerk aus Kommilitonen entscheidend, die mich mitnahmen auf der Reise zu meinem Diplom. Das Netz der Kommilitonen war durch die Arbeit in der Studentenvertretung immer umfassender geworden. Ich konnte alleine in die Stadt gehen und fand schnell einen oder eine, der oder die mit mir Kaffee oder Bier trank und das Stundenglas leerlaufen ließ. Der Müßiggang war die vorherrschende Geschwindigkeit. Ein rudimentäres Talent in der Physik und Mathematik hatte dazu geführt, dass ich als Tutor in der Kerndisziplin des Bauingenieurwesens, der Technischen Mechanik, eingesetzt worden war. Dort war ich als „Einäugiger unter den Blinden" der König und half Studierenden, die bereits früh erkannten, einen weniger mathematischen Zweig des Bauingenieurwesens zu gehen.

Die Finanzierung des Müßiggangs war primär durch das BAföG-Amt und sekundär einen kleinen symbolischen Obolus für die Arbeit als Tutor erfolgt. So war am Ende des Monats immer noch etwas Geld für Bier, Zigaretten und Diesel für meinen geliebten Strich Achter übrig geblieben. Wochentags aßen wir in der Mensa und an den Wochenenden fuhren Susanne und ich meist einmal zu ihren Eltern, die nicht weit von Münster entfernt in Warendorf wohnten, um dort zu essen. Ihre Mutter hatte schnell erkannt, dass ich gerne und viel aß. So gab es oft Kaninchen, die Susannes Vater züchtete. Bedingt durch das Mensaessen, die üppigen Mahlzeiten am Wochenende und den reichlichen Bierkonsum in Verbindung mit wenig Bewegung - abgesehen vom Radfahren - konnte Susanne meine Rippen nicht mehr so gut zählen. Der frühere schwindsüchtige Eindruck meines Körpers verwuchs sich langsam. Zu einem traurigen Problem war der zunehmende kreisförmige Haarausfall geworden. Die verbleibenden Haare waren lang gewachsen und wurden, nach hinten gekämmt, mit einem Gummi zusammengebunden. So sollten die lichter werdenden Stellen nicht mehr so leicht sichtbar sein bis zu dem Tag, an dem sich die Geheimratsecken mit der kahlen Stelle vereinen würden. Doch so weit war es noch nicht. Lediglich schwimmen war schlecht, da leuchtete meine Kopfhaut deutlich. Aber ich schwamm ohnehin nicht gerne.

Somit musste ich mir keine wirklichen Sorgen machen und schlief wieder ein. Der nächste Weckruf erfolgte nicht durch die

Vögel oder den Wecker – einen solchen besaß ich seit einigen Wochen nicht mehr, Susanne hatte ihn mir an den Kopf werfen wollen und die Wand getroffen. Es war die Türklingel, die den Tagtraum beendete. Wie von der Tarantel gestochen sprang ich auf und zog mir ein T-Shirt über. Der Briefträger stand vor der Tür. Er verkündete, an mir heruntersehend: „Ein Einschreiben für Herrn Adrian Beermann!"

„Der bin ich!", und folgte seinem Blick. Ich hatte vergessen, eine Hose anzuziehen! Auch fehlte die sonst übliche Unterwäsche. Ich fühlte, wie mir das Blut in den Kopf stieg. Der Briefträger nahm meinen roten Kopf wahr, verzog keine Miene und bemerkte: „Ich bin Schlimmes gewohnt! Hier unterschreiben!" Es war ein Brief des BAföG-Amtes. Den Brief unbarmherzig und durch Zerfetzen des Umschlags öffnend, lautete die Kernaussage:

„... wir haben Sie bereits mehrfach aufgefordert, den offenen Betrag i.H.v. 5.248 DM zurückzuzahlen. Bisher konnten wir keinen Eingang auf unserem Konto verbuchen. Somit stellen wir weitere Zahlungen an Sie mit sofortiger Wirkung ein."

Ich setzte mich auf einen der zwei Hocker, die in der Küche standen, und las nochmals. Dies änderte nichts am Inhalt dieser schrecklichen Botschaft. Mir waren die zwei grauen Briefumschläge, die ich in meinem französischen Kochbuch am vorletzten Wochenende als Lesezeichen benutzt hatte, eingefallen, die auch vom BAföG-Amt gewesen waren. Susanne hatte mich noch auf die potenzielle Wichtigkeit aufmerksam gemacht, doch war ich von der Vorfreude auf das Essen abgelenkt worden und schob ihren Hinweis mit einem „Ach die, die wollen mir nur sagen, dass ich in acht Monaten keine Kohle mehr bekomme" beiseite. Damit wurde der Zeitpunkt, ab dem die staatliche finanzielle Unterstützung ausbleiben sollte, schlagartig um acht Monate vorgezogen. Das war eine Katastrophe. Alle Rücklagen waren schon vor langer Zeit aufgebraucht worden und eigentlich wollte ich mir erst in acht Monaten einen Job suchen. Nun stand diese Aufgabe sofort an. Doch zuerst sollte mir der AStA-Anwalt Hilfe bringen, er konnte fast immer helfen. In dem Telefonat teilte er mir mit: „Du Blödmann hast die Widerspruchsfristen verstreichen lassen, jetzt musst du zahlen!"

Der neue Job

Gestern hatte ich meinem Freund Theo, der mir vielleicht hätte Rat, zumindest aber Trost geben können, nicht mehr erreicht. Susanne hatte mir, als wir uns abends trafen, lediglich leidenschaftslos mitgeteilt: „Es wird auch Zeit, dass du dein Lotterleben beendest und anfängst zu arbeiten. Mit deinem Studium bist du ja fast fertig." Wie so oft hatte sie recht gehabt, ich hatte es mir nur noch nicht eingestehen wollen.

Ich ging also an diesem Morgen pünktlich um zehn zur FH. Ich musste für die nachmittägliche Übung von meinem vorgesetzten Professor noch neue Übungsunterlagen für das soeben begonnene neue Semester bekommen. Dieser war meist nicht gut zu erreichen, da sein Ingenieurbüro einen großen Teil seiner Arbeitskraft einnahm und er deshalb vieles, was die Lehre anbetraf, an mich delegierte.

In meinem Lieblingsraum an der FH, dem Büro der Studentenvertretung, dem ISTA, traf ich Theo. Wir waren seit acht Semestern gute Freunde und hatten dieselben hochschulpolitischen Interessen. In vielen Gremien waren wir gemeinsam vertreten. Theo verfolgte sein Studium ernsthafter als ich. Er saß mit zwei der Neuen zusammen und erklärte diesen, wo es langgehen würde. Ich holte mir einen Kaffee und ließ mich auf eins der uralten staubigen Sofas fallen. Aus der Brusttasche meines lindgrünen Hemdes fischte ich eine ramponierte Packung Lucky Strike und zündete mir eine solche an.

Theo jaulte auf: „Mach augenblicklich die Kippe aus! Hier ist Rauchverbot." Ich hatte nicht mehr daran gedacht. In diesem Raum wurde immer geraucht, sobald er nicht da war. „Entschuldigung, ist stehe total unter Strom. Es ist etwas Schreckliches passiert." Die beiden Neuen verabschiedeten sich mit wenigen

Worten, da ihre Vorlesung anfing.

„So, nun erzähl!", wurde ich aufgefordert. So berichtete ich ihm von meinem Dilemma und fragte: „Was kann ich denn jetzt machen?" Theo hatte hierauf eine Antwort, die mir auch in den Sinn gekommen war, aber nicht wirklich gefallen wollte.

Ohne sich mit Susanne abgesprochen zu haben, riet er mir mit breitem Grinsen: „Geh arbeiten." Ich empörte mich und fuhr ihn an: „Und was soll ich machen? An der Tankstelle hinter der Kasse stehen oder Autos waschen?" Er verdrehte die Augen. „Schau doch zuerst nach, was so am Schwarzen Brett aushängt!" Ich sprang auf, küsste ihn auf den Mund – was er hasste – und verließ den Raum.

Ich studierte den Aushang und konnte dort lesen: „Jungingenieur in Hamm für die Bauleitung gesucht. Studentische Hilfskräfte für die Müllsortierung gesucht." Beides nichts für mich. Auf der Baustelle rumlaufen war nicht so mein Fall, zumindest nahm ich das an. Ich hatte auch während meiner Lehre als Schreiner immer lieber in der Werkstatt an der Hobelbank gestanden als auf einer Baustelle. Das mit dem Müll war völlig indiskutabel. Ich studierte „Konstruktiver Ingenieurbau", die Müllsortierung überließ ich gerne den Kommilitoninnen und Kommilitonen des Studiengangs Wasser- und Abfallwirtschaft.

Doch waren noch weitere Aushänge vorhanden. In einem Statikbüro in Münster wurde jemand gesucht, der Bewehrungspläne zeichnete. Ich hatte mir bislang meine Zeichnungen von Antje, einer Architekturstudentin, anfertigen lassen und hatte mit dem Tuschestift nicht viel im Sinn. Also auch nichts. Was gab es noch? Ein Betonfertigteilwerk in Dülmen suchte einen Ingenieur, der sich mit PCs auskannte. Dülmen war zu weit, obwohl das mit den PCs nicht schlecht war. Das Bauordnungsamt der Stadt Münster suchte einen Studenten des Bauingenieurwesens, der bei der Abnahme von fliegenden Bauten half. Das war's, etwas mit Flugtechnik. Morgen sollten sich interessierte Studenten bei der Stadt melden. „Prima", dachte ich mir, „dann fällt der Job für Studentinnen schon mal flach!" Einen Haken hatte die Sache. Ich sollte bereits um acht Uhr dort sein. Dann musste ich eben Susannes Weckdienst in Anspruch nehmen. Wenn ich heute nicht bei ihr schlief, dann konnte sie mich immer noch morgen früh um sieben anrufen. Ich wollte mich gerade von den Aushängen abwenden, als mein Blick auf eine Anzeige fiel, bei der auch etwas mit PCs gefordert wurde. In Havixdorf wurde eine studentische Hilfskraft gesucht, die Ausschreibungen mithilfe des PCs auswertete. Aber wo war das Dorf? Havixdorf hatte ich noch nie gehört. Da war das bei der Stadt Münster deutlich interessanter.

Theo war schon nicht mehr im ISTA. Nun denn, ich griff zu dem Telefonhörer, um Susanne von den neuen Plänen zu berichten und mit ihr den Abend zu planen. Als ich die erste Ziffer wählen wollte, klopfte es an der Tür. Ich rief etwas verwundert, da fast niemand anklopfte: „Herein!?" Den Hörer legte ich wieder auf die Gabel.

Im Türrahmen recht weit oben erschien ein sonnengebräuntes männliches Gesicht und fragte: „Kann ich eintreten?" „Ja klar, hier ist jeder und jede willkommen. Komm, setz dich, möchtest du einen Kaffee?"

Ich schaute mir diesen imposanten Mann nun genauer an. Auf seinen breiten Schultern ruhte der besagte sonnengebräunte Kopf, das Gesicht war von Lachfalten geprägt und das beginnende Lächeln grub diese Falten tiefer ein. Eine riesige Hand fuhr auf mich zu, ich wollte schon in Deckung gehen, und der lachende Mund sagte: „Hey, ich bin Eduard, aber kannst Ede zu mir sagen."

„Ja, das passt", fuhr es mir durch den Kopf und ich wollte ihn schon fragen, ob er Freigang habe oder soeben aus dem Knast entlassen worden sei. Doch erschienen mir die Konsequenzen unkalkulierbar, sodass ich lediglich erwiderte: „Nun Ede, dann setz dich erst einmal." „Nö, lass mal, ich bin bis eben Taxi gefahren. Da kann ich auch etwas stehen."

Er deutete auf den Kaffee. „'n Kaffee nehme ich aber." „Nur zu, wo bist du denn Taxi gefahren? Hier in Münster?" „Nö, mein Gebiet liegt zwischen Vool, Billerbach und Havixdorf." Das war eine vielleicht noch wichtige Info. „Wo liegt denn eigentlich Havixdorf? Ich kenne mich - außerhalb Münsters - auch nach vier Jahren Studium noch nicht so gut aus." „Das sind so zehn Kilometer nordwestlich von hier." Ach, weiter war das doch nicht. Aber war ja egal, ich wollte ja bei der Stadtverwaltung Münster arbeiten. „Und, Ede, was führt dich zu uns?" „Nun, ich habe nun nach meiner Lehre als Zimmermann hier mit dem Studium begonnen und wollte mal so hören, was das ISTA für mich machen kann!"

So berichtete ich ihm und erweiterte mein Netzwerk um einen weiteren Zimmermann und Taxifahrer. Es würde bestimmt einmal praktisch sein, einen Taxifahrer zu kennen, der auch Schutz bieten konnte, zumindest sah er so aus.

Donnerstag, 15. August

Allein in meinem Bett wurde ich morgens durch ein Geräusch geweckt. Gestern Abend war ich früher als üblich in die Federn gekrochen. Susanne hatte keine Zeit gehabt, sie musste lernen. Ein Blick auf die Uhr verriet mir, dass es kurz nach halb acht war. Zwei meiner Synapsen schlugen aneinander und ich fuhr erschrocken auf. Ich musste doch um acht im Rathaus sein! Warum hatte Susanne mich nicht angerufen? Ich sprang auf, ohne zu vergessen, meine Hose und das sonst noch Notwendige anzuziehen. Aus meinem Zimmer austretend, erkannte ich, warum das Telefon nicht geklingelt hatte. Das Kabel war aus der Wand gerissen. Mein Mitbewohner, der Dösbaddel, war wohl, als er sehr spät und nicht alleine nach Hause gekommen war, darübergestolpert. Nun hing die Anschlussdose nur noch an einem Kabel aus der Wand. Im Badezimmer benetzte ich meine Augen und fuhr, in den Spiegel blickend, durch meine wirren Haare. Diese wollte ich zusammenbinden, fand aber kein Gummi. Gut, dass ich von meiner Mutter noch ein Einmachglas mit Leberwurst in der Küche stehen hatte. Ich zog an dem Einmachgummi. Mit einem Plopp löste sich der Glasdeckel und ich nahm mir das Gummi, um meine Haare in Form zu bringen. Den geliebten süßen Frühstückszerealien konnte ich nur dadurch Beachtung schenken, indem ich meinen Zeigefinger einmal tief in die Nussnugatcreme stieß und diesen genüsslich ableckte. Die Treppe hastete ich, die Reste vom Finger saugend, hinunter und entschied dabei, mit dem Fahrrad zu fahren. Damit sparte ich mir die zeitaufwendige Parkplatzsuche. Seit dem Aufstehen waren zehn Minuten vergangen. In den verbleibenden fünfzehn Minuten musste ich es von meinem Studentenwohnheim am Gievenbeckerweg bis zum Rathaus gut schaffen. Ich schwang mich auf mein Fahrrad und erzeugte ein maximales Drehmoment auf der Pedalachse. Dies hatte zur Folge, dass mit einem deutlichen Schab- und Ratschgeräusch die Fahrradkette vom hinteren Zahnkranz sprang. Ich schimpfte laut: „Scheiße, das darf doch nicht wahr sein!", und fummelte an der Kette herum, damit ich sie wieder in die richtige Position bringen konnte. Das Ergebnis waren ölverschmierte Finger und eine verklemmte Kette. Ich schmiss das Fahrrad zur Seite und spurtete zu meinem treuen Fahrzeug, einem schon sehr betagten W118 aus Stuttgart. Der Fahrersitz ächzte, als ich mich fallen ließ. Ich zog den Anlasser. Der Motor orgelte, aber nichts geschah. Ich glühte nochmals vor und wiederholte den Vorgang. Nichts. Es dauerte manchmal etwas, bis der Wagen seinen Dienst aufnahm, die Glühkerzen waren alt. Nach dem fünften Versuch sprang er an. Eine riesige Abgaswolke stieg hinter dem Fahrzeug auf. Mittlerweile hatte ich jedoch angefangen zu transpirieren, und da meine Körperpflege heute Morgen nicht optimal gelaufen war, hoffte ich darauf, dass kein Geruchsproblem entstand. Ich steckte den Nussnugatfinger unter die Achsel, zog ihn wieder hervor und roch – noch war alles o.k. So fuhr ich leicht abkühlend zum Rathaus.

Ich nutzte die Frühe und fuhr über den Prinzipalmarkt, noch durfte der Lieferverkehr fahren. Vor dem Rathaus erwischte ich einen Behindertenparkplatz und stieg aus. Ich hatte ja einen Ausweis, der mich zum Parken hierauf legitimierte. Den Park-ausweis hatte mir ein Freund eines Freundes, der bei der Stadt-verwaltung Freiburg arbeitet, dankenswerterweise nach einer durchzechten Nacht ausgestellt. Es fehlte das Dienstsiegel, doch hatte ich Kaffee darübergeschüttet, sodass das Ding recht unle-serlich war und mir somit bei der Parkplatznot in der Stadt oft gute Dienste leistete. Ich durfte dann nur nicht vergessen, meinen ohnehin unsymmetrischen Gang nicht zu verharmlosen. So lief ich bewusst etwas unrunder, um so keinen Argwohn bei den vielleicht aus dem Fenster des Rathauses schauenden Bedienste-ten, die noch nicht wussten, ob oder was sie heute arbeiten soll-ten, zu hinterlassen. Gut, dass ich mir die Raumnummer notiert hatte. Ich schoss im Rathaus auf den Paternoster zu und fuhr ins zweite Obergeschoss. Es ging noch um zwei Flurecken und ich war da, um 8:05 Uhr – jedoch als Letzter von etwa zehn Architek-tur- und Bauingenieurstudentinnen und -studenten. Warum waren die Studentinnen hier, hatten die nicht gelesen, dass das Amt einen Studenten sucht? Die wenigen Stühle waren besetzt. Fast alle waren mir bekannt, sodass ich alle grüßen konnte. Dort saß die Elite des Fachbereichs Bauingenieurwesen und Claudia, eine hoch motivierte Bauingenieurstudentin aus meinem Semes-ter, teilte mir mit, dass soeben die Reihenfolge der Gespräche festgelegt worden sei und weitere Bewerber nicht angenommen würden, da aus den Anwesenden auf jeden Fall ein geeigneter Kandidat zu ermitteln sei.

Timo, ebenfalls ein Kommilitone, rief mir zu: „Hey, du musst einfach mal pünktlich erscheinen, dann wird aus dir noch was!" „Na du musst es ja wissen, du wirst bestimmt ein großer Ingenieur!", erwiderte ich zähneknirschend, fluchte vor mich hin und beschloss, dass der früh begonnene Tag nun auch beendet sei.

Ich fuhr zu Kaspar, der meist sehr spät an der FH war, sodass ich eine Chance sah, bei ihm zu frühstücken. Er war umgezogen und wohnte in einem Altbau am Spiekerhof und damit nicht weit entfernt vom Rathaus. Ich stieg daher nur kurze Zeit, nachdem ich mein Mobil abgestellt hatte, wieder ein. Den noch warmen Motor konnte ich problemlos starten, um ihn auf einem der sehr raren Parkplätze unweit des Eingangs am Spiekerhof auf einem Anwohnerparkplatz zu parken. Ich fischte aus dem Handschuhfach einen abgelaufenen Anwohnerausweis, den mir ein diplomierter Kommilitone hinterlassen hatte, stieg aus, öffnete die alte massive Eicheneingangstür und spurtete die alte knarrende Holztreppe hoch ins Dachgeschoss. Auf mein Klingelsignal hin öffnete Kaspar mir die Wohnungstür. Er war noch im Schlafanzug oder dem, was man dafür halten sollte.

„Kaspar, heute ist ein trüber und trauriger Tag!", war meine Begrüßung und durch ein Fenster schien die Sonne in den Flur auf die weißen Füße meines Freundes.

Kaspar, der meine bebrütete Stimmung erkannte, rezitierte Heinz Erhard: „... Und wenn ich dann mal traurig bin, dann trinke ich 'n Korn, und wenn ich dann ..." Er knuffte mich an die Schulter. „Jetzt mach nicht so ein Gesicht. Komm mit, ich habe noch eine Flasche Tequila und Zitronen sind auch da."

Später fuhr ich vorsichtig nach Hause und legte mich wieder ins Bett.

Dienstag, 20. August

Nachdem ich die Schlappe mit dem Job bei der Stadt Münster zusammen mit Kaspar verarbeitet hatte, war ich erneut die Anzeigen am Schwarzen Brett durchgegangen und hatte mir die Sache mit Havixdorf noch mal genauer angesehen. Die Kontaktaufnahme wurde per Telefon gewünscht.

Seit fünf Tagen hatte ich nur noch sehr mäßig Alkohol zu mir genommen. Diesmal durfte nichts mehr schiefgehen. So saß ich aufgeräumt an meinem Schreibtisch, trank noch einen Schluck Kaffee und wählte die angegebene Telefonnummer. Die Relais der Post schalteten präzise zur Gemeinde Havixdorf durch.

„Gemeinde Havixdorf, Sie sprechen mit Frau Schulze-Meierhof-Kappel, was kann ich für Sie tun?" „Ja Beermann hier, ich würde gerne den Herrn Gutmann vom Bauamt sprechen." „Augenblick, ich verbinde", versprach die angenehm klingende Stimme.

Forsch dröhnte es aus meinem Hörer: „Wer spricht?" Ich hielt den Hörer von meinem Ohr weg.

„Ja, hier Adrian Beermann, ich rufe wegen der Stelle an."

„Welche Stelle? Bei uns ist keine Stelle ausgeschrieben."

„Aber bei uns an der FH am Schwarzen Brett stand, dass Sie einen Studenten mit PC-Kenntnissen suchen!", schrie ich schon fast verzweifelt in die Sprechmuschel.

„Ach, Sie sind ein Student, ja dann kommen Sie morgen früh um acht zu mir ins Bauamt, klar!"

„Klar!" Die Verbindung wurde unterbrochen. Das war ein kurzes Gespräch gewesen, der wollte von mir nun gar nichts wissen. Da war ich doch sehr neugierig, was der morgige Termin bringen sollte, und konnte nur hoffen, dass die Einstellungshürde nicht zu hoch war.

Nun musste ich nur noch eins machen: einen neuen Wecker

kaufen. Mit meinem Fahrrad, das ich wieder repariert hatte, fuhr ich in die Stadt und kaufte mir in dem großen Kaufhaus in der Salzstraße einen neuen. Zufällig lief mir Jochen über den Weg, auch ein trinkfester Kommilitone. „Adrian, kommst du heute Abend noch mit ins Kino? Kaspar und ich wollten mit ein paar anderen anschließend noch ins Jovel." Ich überlegte und war unschlüssig. „Na, ich habe morgen um acht Uhr schon einen wichtigen Termin. Da muss ich fit sein. Es geht um einen Job für mich." „Nun stell dich nicht so an! Du bist sonst auch kein Kind von Traurigkeit!" „O.k. Ich komme, gehe aber vermutlich nicht mehr mit ins Jovel."

Mein Rückweg führte mich am Institut der Germanisten vorbei. Ich musste an die Geliebte denken, änderte meine Pläne für den Rest des Tages und fuhr zu ihr. Als ich um zehn in meine Bude fuhr, hatte ich Jochen und seine Kumpane nicht mehr gesehen.

Mittwoch, 21. August

Um 6:30 Uhr klingelte der Wecker. Es war schon hell. Ich streckte mich, rieb mir die Augen und konnte mich nicht mehr erinnern, wann ich das letzte Mal so früh aufgestanden war. Aber ich brauchte Zeit, damit ich in Ruhe den wichtigen Tag angehen konnte. Mein erster Weg führte mich unter die Dusche. Ein Fehler widerfuhr mir, als ich meine Rasierklinge ungeschickt über mein Kinn gleiten ließ. Aus einer für eine Rasur beachtlichen Schnittwunde trat ein deutliches Rinnsal frischen Blutes aus. Ich sah fast so aus, als hätte ich mich dem Männlichkeitsritual einer Studentenverbindung unterworfen. In der Küche fand ich Heftpflaster und klebte mir einen Streifen über die Wunde. Doch stellte sich noch keine Blutgerinnung ein und das Pflaster war nach Kurzem mit Blut durchnässt. Also dachte ich über eine Alternative nach und presste auf die Wunde eine Lage Toilettenpapier. Mir kam Susannes Seidenstrumpf in Erinnerung, der noch an meinem Bett festgebunden war. Sie hatte das Relikt einer stürmischen Nacht nicht lösen können und es hing dort zur Erinnerung. Mit einer Schere schnitt ich den Strumpf ab und band ihn mir um den Kopf. Nun sah ich aus wie Wilhelm Buschs unter Zahnschmerzen leidender Friedrich Kracke.

Es war noch eine Stunde Zeit bis zum Termin und mein Optimismus schloss weitere Probleme aus. Vor ein paar Monaten war ich von Kaspar zu einem Bewerbungstraining eingeladen worden. Dieses wurde durch einen freien Versicherungsmakler durchgeführt, der auf der Suche nach potenziellen jungen „Akademikern" war. Warum mich Kaspar mitgenommen hatte, war mir nicht ganz klar gewesen, aber er hatte etwas zu essen versprochen. Und so ganz nebenbei wurden die Grundzüge einer erfolgreichen Bewerbung geschildert. Somit wusste ich nun, dass ein Anzug mit Krawatte notwendig war, um ein Vorstellungsgespräch erfolgreich zu absolvieren. Doch kam mir die Erkenntnis, dass ich all diese Utensilien nicht hatte, erst jetzt, da ich gerade meinen Kaffee trank. Etwas spät, wie ich feststellte. Ich entschied mich deshalb für eine ordentliche Jeans, ein weißes Hemd und mein graugrünes Flausch-Sakko, das nun schon in die Jahre gekommen war. Es hatte nicht nur schon lange keinen Einsatz mehr gehabt, sondern war an den Ellenbogen auch nicht mehr flauschig. Auf eine Krawatte musste ich verzichten. Mit der, die ich besaß, hatte ich im Frühjahr den Kofferraumdeckel meines Autos zugebunden, da das Schloss immer aufsprang. Ich wollte es auf die italienische Art versuchen und knöpfte die zwei obersten Knöpfe auf, sodass meine spärliche Brustbehaarung zu bewundern war.

So ausgestattet fuhr ich siegessicher Richtung Havixdorf. Ich hatte mir die Strecke auf der Karte angesehen und wusste, dass der Weg sehr ländlich werden würde. Nachdem Münster hinter mir lag, wurde die schmale Straße gesäumt von Weizen- und Maisfeldern, es war wie in einem Eiskanal. Nach einer Unendlichkeit der Ländlichkeit sah ich Havixdorf. Der Ort lag in der Ebene des Westmünsterlandes vor mir. Aus der Mitte ragte die katholische Kirchturmspitze. In deren Nähe musste auch das Rathaus liegen. So passierte ich auf dem Weg in das dörfliche Zentrum einen schmalen Gewerbegebietsgürtel. Zu meinem Erstaunen lagen Kirche und Rathaus auf einem kleinen Hügel, den eine, das Münsterland prägende, Eiszeit nicht platt gewalzt hatte. Am Fuße dieses Hügels lag der rathauseigene Besucherparkplatz. Mein Auto abstellend, bemerkte ich einen weiteren Wagen, auch in Stuttgart hergestellt, aber offensichtlich jüngeren Baujahrs und besser motorisiert. Aus diesem stieg ein gut gekleideter, mit einer sehr roten Nase geprägter Mann, der mich anschaute und fragte: „Wohin so früh, junger Mann?" „Ich muss zum Bauamtsleiter, Herrn Gutmann." „Kommen Sie mal mit mir, ich zeig Ihnen den Weg."

Wir gingen ein paar Schritte eine Treppe hoch und erreichten den Rathausvorplatz. Ich sah durch die Glastür, wie ein Mann hinter einer Empfangstheke aufsprang, auf die Tür zulief und sie aufriss. Dieser wohlbeleibte Türsteher in Jeans und Hemd meldete: „Guten Morgen, Herr Bürgermeister!" Ich schaute die Rotnase an und war etwas irritiert. Damit hatte ich nicht gerechnet, dass mir der Bürgermeister, zumindest indirekt, die Tür öffnete. Das musste ja ein gutes Omen sein. Wir traten ein und der Bürgermeister wandte sich zu mir und bemerkte freundlich: „Zu Herrn Gutmann geht es da lang." „Chef, der ist aber noch nicht da!", meldete der Wohlbeleibte. „Nun, dann müssen Sie noch etwas warten", war die freundliche Anweisung des Bürgermeisters.

Ich suchte mir auf einem der wenigen Stühle im Flur des Bauamtes einen Platz. An der gegenüberliegenden Tür stand auf dem Schild „Gutmann, Bauamtsleiter". Eine in meinen Augen etwas ältere Dame ging schnellen Schrittes auf mich zu. Sie hatte ihre grau werdenden Haare zu einem Knoten am Hinterkopf zusammengebunden und schaute mich über den Rand ihrer Brille an.

„Kann ich Ihnen helfen?", wollte Sie mit freundlich wirkender Stimme wissen. „Nein danke, ich sitze hier schon richtig, ich wollte zu Herrn Gutmann." „Da haben Sie aber Pech! Der kommt immer erst um neun Uhr!"

Das durfte doch nicht wahr sein! Da bestellte er mich um acht Uhr und ich wuchs über mich selbst hinaus und der Mann kam immer erst um neun. In meine zornesroten Ohren drang diese freundliche Stimme: „Hatten Sie denn einen Termin?"

„Ja, ich sollte mich heute Morgen vorstellen." „Ach, Sie sind der Student!", erreichte mich die Erkenntnis der Dame. „Dann kommen Sie mal mit, ich sollte Sie nämlich um acht in Empfang nehmen." Das Rot meiner Ohren klang ab. „Ich bin Herrn Gutmanns Sekretärin. Frau Schulze-Große-Möhrenfried." „Mein Name ist Adrian Beermann." „Nun, Herr Beermann, dann wollen wir in unserer Amtsstube erst einmal einen Kaffee trinken."

Der Raum war rechts und links des Eingangs gesäumt von raumhohen Regalen, die gefüllt waren mit Aktenordnern, deren Rückenschilder in allen Farben des Regenbogens leuchteten. Selbst die in die anderen Räume führenden Türen wurden von den Regalen umsäumt. In dem Büro standen sich zwei braune - ich glaube, Buche erkennen zu können - Schreibtische gegenüber. Einer war akribisch aufgeräumt, der andere mit dicken Briefumschlägen bedeckt. Einige der Umschläge waren schon aufgerissen. Ein anderer Stapel bestand aus geschlossenen Umschlägen. Hinter diesem zweiten Stapel befand sich ein von der Sonne gelblich verfärbter Monitor. Auf der Fensterbank hinter dem Monitor war ein mit Asche überzogener Aschenbecher deponiert worden. Dieser erklärte auch den etwas unangenehmen Geruch in dieser Schreibstube. Auf der dem aufgeräumten

Schreibtisch zugewandten Fensterbank sah ich die obligatorische Kaffeemaschine. In diese füllte Frau Schulze-Große-Möhrenfried Wasser, das sie aus einem Wasserhahn nebst Waschbecken, das in das Regal eingelassen worden war, entnahm.

„Setzen Sie sich doch dorthin, das wird auch der Schreibtisch sein, an dem Sie arbeiten sollen."

„Noch habe ich die Stelle ja nicht."

„Die bekommen Sie schon. Bisher hat sich noch niemand anderes gemeldet, der hier arbeiten wollte."

Das war nun interessant, dann konnte ich ja ungehemmt in die Verhandlung gehen. Der Kaffeeduft verbreitete allmählich eine heimelige Atmosphäre.

„Nehmen Sie den ungeöffneten Stapel vom Schreibtisch und setzen Sie sich hin." Ich tat wie geheißen und setzte mich auf einen altertümlichen hölzernen Schreibtischstuhl.

„So, nun stellen Sie das Ding mal an." Ich schaute Sie fragend an, sodass sie ergänzte: „Den Computer meine ich. Den sollen Sie zum Laufen bringen. Das ist ein erster Test."

Das war ja geschickt, mich hier mütterlich einlullen und dann die Testnummer, na warte, ging es mir durch den Kopf. Der Lüfter dieses PCs erfüllte den Raum mit einem leisen, aber deutlichen Brummton. Der Bildschirm zeigte die ersten Regungen und verharrte dann. Ich erkannte den Fehler, der Startvorgang griff auf das Diskettenlaufwerk zu, er musste vermutlich von der Festplatte erfolgen. Ich hieb auf ein paar Tasten ein und startete neu.

Frau Schulze-Große-Möhrenfried meldete sich: „Mein Mann macht das auch so, nur mit einer Hand, mein ich. Er ist in Stalingrad verwundet worden und konnte danach sein linkes Bein und Arm nicht mehr so gut bewegen. Er war ein Spätheimkehrer."

„Für den Krieg bin ich zu jung! Was für eine Arbeit wird hier eigentlich konkret angeboten?"

„Sie sollen die Ausschreibungen auswerten. Wir bauen eine neue Schule und da brauchen wir unbedingt Unterstützung. Da muss alles ganz korrekt laufen, denn wir bekommen dafür sehr viele Fördermittel aus Düsseldorf. Der Stapel mit den geöffneten Umschlägen wartet schon darauf, dass er ausgewertet wird, und da die Auswertung mit dem Computer gemacht werden soll, muss derjenige sich mit dem Computer auskennen.“

„Was bedeutet ‚auswerten‘ denn konkret?“, wollte ich nun wissen. Bisher hatte ich mit Ausschreibungen überhaupt keine Erfahrungen gemacht.

„Kennen Sie sich da denn nicht aus? Da muss ich Ihnen aber schnell etwas erklären, sonst wird Herr Gutmann nicht begeistert sein.“ Ich schluckte und meldete kleinlaut: „Ja gar nicht auskennen stimmt natürlich auch nicht. Aber das Thema Ausschreibungen kommt im Studium nur sehr untergeordnet vor.“

„Ja dann helfe ich Ihnen mal auf die Sprünge. Mein Mann war nämlich Oberamtsrat in Münster und dort zuständig für Ausschreibungen. Er ist jetzt pensioniert, aber er hat immer viel erzählt. Wir hier in Havixdorf haben das bislang nicht so eng gesehen. Wir haben einen Unternehmer angerufen und der hat die Arbeiten dann ausgeführt.“ Ich gab ein verstehendes „O.k.!“ von mir und nippte an meinem Kaffee. „Da wir für die Schule, wie gesagt, sehr viele Fördermittel aus Düsseldorf bekommen, müssen wir nun Ausschreibungen nach der VOB durchführen. Das verlangen die aus Düsseldorf so.“

„Ach so, das ist doch die Verdingungsordnung für Bauleistungen.“ Ich erinnerte mich an Rechtskunde. Die Klausur hatte ich im dritten und damit letzten Anlauf geschafft. Aber auch nur, weil ich alles von einem Kommilitonen abgeschrieben hatte. Unser Dozent hatte Zeitung lesend vorne Aufsicht geführt. Ich bekam eine Vier, mein Kommilitone eine Drei.

„Ja dann wissen Sie ja auch, dass die VOB 1926, das war auch das Geburtsjahr meines Mannes, ersonnen wurde." Das wusste ich natürlich nicht. Ich hatte mich glücklicherweise an die Bedeutung dieser drei Buchstaben erinnert. Möhre, so wollte ich die vermeintliche Kollegin in Gedanken nennen, führte weiter aus: „Mit der Schaffung der VOB sollte die Auftragsvergabe der öffentlichen Hand einmal transparenter und gleichberechtigter durchgeführt werden. Die bis dahin oft geherrschte Willkür bei der Auftragsvergabe sollte der Vergangenheit angehören. Seit 1926 wurde die VOB einige Male angepasst, jedoch nie grundlegend geändert."

„Aber es gibt doch zwei Teile!" Nun wollte ich auch mein Wissen preisgeben, wenn dieses auch nur aus dieser zusätzlichen Information bestand.

„Oh, Sie scheinen doch mehr zu wissen, als ich angenommen habe, denn da haben Sie recht. Es gibt den Teil A und B. Der Teil A wird bei der Auftragsvergabe und der Teil B bei der Bauausführung angewandt. Damit haben wir immer zwei Verordnungen zu berücksichtigen. Doch ..."[1]

Möhre verstummte, als mit deutlichem Schwung die Tür aufgerissen wurde. „Morgen, Schulze", dröhnte die Stimme eines gewaltigen Mannes. Der Mann, der ohne anzuklopfen eingetreten war, erreichte mit seinem von weißem Haar gekrönten Haupt, das er nach hinten bis auf den Kragen eines schwarzen Hemdes gekämmt hatte, fast den Türsturz. Sein Gesicht leuchtete rot. Die Breite seines Körpers füllte den Türrahmen auch in horizontaler Richtung aus. Insgesamt erinnerte mich die Figur an unseren amtierenden Bundeskanzler. Somit kannte ich nun eine Möhre und eine Birne. Mal sehen, welches Grünzeug ich noch kennenlernen sollte. Mein Millisekunden währender Gedankengang

---

1 Anm. des Autors: Es gibt auch noch den Teil C, dieser behandelt vornehmlich das Thema der Abrechnung.

wurde erneut durch den beachtlichen Bass, den dieser Mann bildete, abgebrochen. „Kaffee in mein Büro! Sind Sie der Student?" Ich nickte. „Mitkommen!" Wie war dieser Mann, der offensichtlich Herr Gutmann war, zu seinem Namen gekommen? „Böse" hätte auch gepasst.

Ich sprang auf, trottete hinter Birne her, und wir gingen durch die rechte Verbindungstür in das nächste Büro. „Setzen", wurde mir mit einem Fingerzeig auf den entsprechenden Stuhl, der zusammen mit zwei weiteren an einem runden Tisch stand, aufgetragen. Birne ging zu seinem Schreibtisch und wühlte in einigen Unterlagen. Dadurch hatte ich die Möglichkeit, mir das Büro anzusehen. Dieses war etwa doppelt so groß wie das von Möhre und beherbergte neben dem Tisch, an dem ich saß, und dem gewaltigen Schreibtisch, auf dem sich unzählige Pläne und Blätter angesammelt hatten, ein braunes Ledersofa. Das Tageslicht wurde durch braune Vorhänge ausgeschlossen. Die Wände des Raums waren mit einer Vertäfelung aus dunkel behandeltem Eichenholz beplankt. Insgesamt wirkte der Raum sehr düster.

„So, da habe ich es!" Birne hob ein Blatt triumphierend über den Kopf. Seine Aktenordnung war nicht besser als meine. „Das ist die Liste mit den Ausschreibungen, die wir noch durchführen müssen." Er legte das Blatt auf den Schreibtisch. „Doch zuerst muss ich Sie ja noch kennenlernen." Er zwinkerte mir zu, vermutlich sollte dies auflockernd wirken. Doch war ich eher irritiert. Was sollte nun noch kommen? Birne fische aus seiner Hemdtasche eine Zigarettenschachtel. Ich erkannte die Rote Hand, eine sehr starke Zigarette. Er bot mir eine an. Ich hatte heute noch keine geraucht, aber mit solch einer zu beginnen, wäre nicht gut. Da hätte ich gleich eine Tüte rauchen können. „So, Sie sind also der Student!"

„Ja, ich bin Adrian Beermann. Mit zwei e und zwei n nach dem a." Mein Blick war auf den gewaltigen Bauch des Amtsleiters gefallen, den er sich selbstgefällig streichelte. Er hatte meinen Blick offenbar aufgefangen.

„Lustig sind Sie auch noch! Dann wissen Sie ja, warum Männer erst mit den Jahren einen Bauch bekommen?" „Ne!" „Das liegt daran, dass Frauen eher, bedingt dadurch, dass sie mal ein Kind bekommen könnten, eine Brustatmung haben. Bei uns Männern verhält es sich so, dass wir eine Bauchatmung haben. Unsere Bauchdecke hebt und senkt sich ständig. Dadurch verliert das ganze Bauchgewebe an Spannung und mit den Jahren drücken die Innereien den Bauch immer weiter nach außen." „Ah!" Ich nahm mir vor, künftig mehr über die Brust zu atmen.

„Schulze, hat er den Computer zum Laufen gebracht?", brüllte er, mit einem breiten Grinsen im Gesicht, seiner Mitarbeiterin zu. „Ja, Chef, dauerte keine zwei Minuten."

„Na, dann haben Sie den Idioten aus unserer EDV-Abteilung ja vielleicht etwas voraus." Er spuckte „EDV-Abteilung" dabei verächtlich aus. „Und, kennt er die VOB?", brüllte er erneut. „Ja, kennt er!" Damit war die Wartezeit auch schon ein Teil der Vorstellung gewesen. Möhre schien mir wohlgesonnen, denn sonst hätte sie bestimmt ausführlicher geantwortet. Vielleicht hatte sie mich in ihr mütterliches Herz geschlossen.

Birne drückte sich von seinem Stuhl hoch und fischte von dem Tisch einige Blätter. „Das ist ein Musterangebot. Sie sollen für den Neubau unserer Schule die Ausschreibungen auswerten. Dazu machen wir jetzt einen Test. Hier auf diesen Seiten sind Positionen, also einzelne Teilleistungen des gesamten Leistungsvolumens, aufgeführt, zu denen es immer einen Preis gibt. Diesen Preis müssen Sie in ein Computerprogramm eintragen und so überprüfen, ob die Firma, die das Angebot abgab, richtig gerechnet hat. Die Berechnung ist die Menge der Position, also wie viel gebaut werden muss, mal dem Preis. Verstanden?" „Ja, kein Problem!", antwortete ich selbstbewusst, war mir aber nicht sicher und fügte hinzu: „Muss ich die Menge auch eingeben?" „Ne, die ist schon hinterlegt. Wir haben da ein neues Programm. Der Architekt, der die Planung gemacht hat, nutzt das auch und hat uns die Daten gegeben. Nun haben wir aber niemand, der sich damit beschäftigen kann, und da kommen Sie ins Spiel. Ist das was für Sie?"

Er schaute mir fragend tief in die Augen. „Was haben Sie denn mit dem anderen Auge gemacht? Sieht aber nicht gut aus! Auch eine Kriegsverletzung wie bei Schulzes Mann? Der neue Schmiss an Ihrem Kinn passt ja gut dazu." Ich schluckte und erwiderte möglichst trocken: „Das erzähle ich Ihnen mal beim Bier." „Auch gut! Nun aber an die Arbeit, ich möchte mal sehen, wie Sie mit dem Programm klarkommen." Ich hoffte, dass das nicht mehr lange dauern würde, der Kaffee drückte nämlich auf meine Blase.

Er ging in Möhres Büro. „Nun kommen Sie mit, der Computer steht nicht hier." Ich folgte ihm. Er setzte sich an den PC. „Schulze, die Anleitung, ich kann mir diesen Mist nicht merken." Hier sah ich meine Chance. „Lassen Sie mal sehen." Ich wies auf den Zettel und Birne gab ihn mir. Darauf waren ein paar Befehle geschrieben, völlig einfach. Ich setzte mich und startete das Programm. Hier erschloss sich das Menü über die Funktionstasten und war mir damit nicht fremd. Ich drückte hier und da und schon hatte ich eine Datei mit dem Namen „Test" gefunden. „Diese, richtig?" „Ja!"

Die weiteren Eingaben waren auch selbsterklärend, sodass ich in kürzester Zeit die richtige Eingabemaske vor mir hatte. „Wo soll ich jetzt die Zahlen eingeben?" Er raunzte mich an: „Nicht die Zahlen, das sind Preise." Möhre, sah ich, lächelte versteckt. Ich nahm mir die Blätter vor. Links standen die Nummern der einzelnen Positionen, in der Mitte die Beschreibung der Positionen. Darunter anscheinend die Menge, dem folgte die Mengeneinheit und rechts davon war handschriftlich der Preis eingetragen. Ich legte meinen Zeigefinger der linken Hand auf das Blatt und begann, die Zahlen blind einzugeben. Den Ziffernblock der Computertastatur konnte ich blind bedienen, da ein blutrünstiges Computerspiel, das ich augenblicklich sehr oft spielte, mit dem Ziffernblock bedient werden musste. Und wer da auf die Tasten schauen musste, war schneller tot.

Ich hatte die Zahlen, es waren fünf Positionen, nach zehn Sekunden eingegeben und wollte mit der nächsten Seite beginnen, da raunzte mich Birne erneut an: „Lass sein, ich habe nicht den ganzen Tag Zeit. Ich sehe, du kannst das. Ab Montag drei- bis viermal die Woche! Aber nicht nur Preise eingeben! Das volle Programm, auch Submissionen! Geht das klar?" „Die Zeit geht klar. Aber was ist mit ..." Ich rieb Daumen und Zeigefinger aneinander. „Es gibt 1.400 DM. Und nun keine weitere Diskussion!" Er drehte sich um und trat auf die Türschwelle, um noch hinzuzufügen: „Bring deine Steuerkarte mit, hier gibt es keine Schwarzarbeit. Bei uns läuft alles sauber!"

Möhre lächelte mich an. „Das hat ja gut geklappt, herzlichen Glückwunsch zu Ihrem neuen Tätigkeitsfeld! Lassen Sie sich nicht durch ihn einschüchtern, der ist harmlos." Ich jubelte: „Super, superklasse, ich habe einen Job! Jetzt kann ich meine Diplomarbeit in Ruhe abschließen."

Ich schaute Möhre an, die immer noch mütterlich lächelte. „Was muss ich denn nun konkret alles machen?" „Ach, das ist harmlos und ich erkläre es Ihnen am Montag." „O.k., nur noch eine Frage, dann bin ich auch schon weg. Wo sind die Toiletten?" Sie erklärte mir den Weg und ich verabschiedete mich bis zum Montag.

Ich betrat einen wenig beleuchteten Raum, der wie draußen an der Tür korrekt als Herren-WC angekündigt wurde. Links befanden sich eine in den Boden gelassene Rinne, rechts Trennwände mit zwei Kabinen. Ich betrat eine Kabine. Diese Rinnen waren ekelerregend, da spritzte alles Mögliche um einen herum. Ich nahm auf einer Toilette Platz. Abschließen konnte ich nicht, aber die andere Kabine aufzusuchen, hätte vermutlich zu einem Unglück geführt. So legte ich meine Hand auf das dünne Türblatt. Bin Sekunden war mein Wohlbefinden wieder eingetreten. Da hörte ich, wie die Tür aufging, und drückte fester gegen das Türblatt. Jemand kam in den Raum und ging zu der Rinne. Die Tür wurde erneut geöffnet.

„Morgen, Siegfried", sagte eine Stimme. Siegfried antwortete und ich erkannte diese Stimme als die von Birne. „Moin, Heinrich, was machst du denn hier?" „Ich war wegen des Grundstücks beim Bürgermeister. Wen hattest du denn eben vor der Tür sitzen?" „Ach, das war ein Student, der soll mir bei der Auswertung der Ausschreibungen helfen. Das wollte BM so, er meinte, ich bräuchte da Hilfe." Beide lachten. „Und der kann das?" „Der kann Zahlen in den Computer eingeben, das kann er, aber von Ausschreibungsauswertungen hat er noch nichts gehört. Der ist dumm genug, um mir keinen Ärger zu machen." „Na dann!" Die beiden lachten erneut und ich hörte, wie sie den Raum verließen, ohne sich die Hände zu waschen.

Da hatte ich ja einen prima Eindruck bei meinem neuen Chef hinterlassen. Aber egal.

Samstag, 24. August

Nachdem ich mit einigen Freunden am Donnerstag auf einer Party zur Feier des Tages die Sau rausgelassen hatte, sollte es am Wochenende gemütlich zugehen. Susanne und ich fuhren deshalb zu ihren Eltern. Zudem hatten wir eine Einladung ihrer Schwester erhalten. Wir waren in eine Kneipe gegangen. Ich hatte mit Pit, dem Freund ihrer Schwester, gut einen gebechert. Auf dem Rückweg zum Auto fand ich in der Innentasche meines

Jacketts ein in Alufolie eingewickeltes kleines Stück Dope. Pit hatte gemeint, dass wir doch noch eine Tüte bauen sollten. Er klebte also zwei Zigarettenpapiere längs und eines quer dazu aneinander und verteilte den Tabak. Mit dem Feuerzeug zündete er kurz das Dope an und bröselte es auf den Tabak. Danach wurde das Papier zu einer länglichen Schultüte in Miniaturformat zusammengedreht. Den nicht ausgefüllten Papierrest verzwirbelte er, so war die Öffnung zu. Ich steckte den Rest vom Dope wieder ein.

Wir saßen auf einer kleinen Mauer und rauchten in der warmen Sommernacht. Die Frauen rauchten ihre eigenen unbehandelten Zigaretten. Bis Pit sich plötzlich vornüberbeugte und kotzte.

Der Abend war vorbei. Gut, dass er nicht auf die Tüte gekotzt hatte. So konnte ich diese mit ins Auto nehmen und auf dem Rückweg nach Münster zu Ende rauchen. Einige Kilometer hinter dem Ortsausgang überholte uns ein Fahrzeug, das sich als Peterwagen entpuppte, als es in den Leuchtkegel meines Wagens kam, den Susanne steuerte. Einer der beamteten Insassen des Peterwagens hielt die Kelle mit dem Haltesignal aus dem Fenster. Ich musste die Tüte loswerden. Beim Versuch, das Seitenfenster herunterzukurbeln, fiel mir das Teil noch aus der linken Hand. Ich fluchte und kurz bevor wir anhielten, gelang es mir, das belastende Material loszuwerden, dachte ich zumindest.

Einer der Beamten stieg aus und kam auf uns zu. Susanne raunte mich an: „Du bist jetzt besser ruhig." Sie kurbelte ihr Seitenfenster runter. Der grün uniformierte Mann kam auf Sprechweite heran. „Allgemeine Verkehrskontrolle! Führer- und Fahrzeugschein, bitte." Susanne gab ihm die geforderten Dokumente. In diese leuchtete der Schutzmann mit der Taschenlampe. „Warten Sie bitte, ich muss etwas überprüfen!", teilte er uns mit und ging zu seinem Auto. Durch die geöffneten Seitenfenster hörten wir, wie in dem Auto vor uns das Funkgerät bedient wurde. Der Funkverkehr hörte auf und nun kam auch sein Kollege mit zu uns. Der Kollege trat an mein Fenster.

Susannes Rat missachtend, konnte ich meinen Mund nicht halten. „Guten Abend, Herr Wachtmeister, es ist alles in Ordnung, also ich darf sowieso nicht mehr fahren." Mit emotionslosem Gesichtsausdruck erwiderte der Schutzmann: „Ja, das ist unverkennbar. Doch möchte ich Sie beide bitten, einmal auszusteigen!" Wir stiegen aus. Ich zog mich an der B-Säule aus dem Wagen. Meine Beine waren so schwer geworden.

„Nun entleeren Sie doch bitte einmal den Inhalt Ihrer Taschen auf dem Autodach." Ich begann, in den Hosentaschen rumzukramen, und legte mein Portemonnaie auf das Dach. Mehr war nicht in der Hose. „Den Inhalt der Jacke auch." Also befingerte ich den Inhalt der Jackentasche und entdeckte das Stückchen Dope. Ich stockte kurz. Der Wachtmeister war sehr aufmerksam und bemerkte entweder mein Stocken oder meinen geänderten Gesichtsausdruck. „Das, was Sie in der Innentasche haben, auch!" „Ach, das ist nur etwas Müll." Die Erklärung sollte helfen, als das kleine Päckchen aus Alufolie auf dem Dach lag. Der Beamte nahm das Päckchen und wickelte es aus. „Na, was haben wir denn da?", grinste er mich triumphierend an.

Er schrieb mir eine Anzeige und prophezeite, dass der Staatsanwalt mir noch schreiben würde.

Dienstpflichten

Montag, 26. August

Der Schreck des Wochenendes und die Angst vor den Konsequenzen – vielleicht war meine bislang noch nicht richtig begonnene Karriere schon jetzt vorbei – steckte mir in den Knochen. Ich hatte beschlossen, nun ernsthafter und seriöser durchs Leben zu schreiten. Ob es mir gelingen würde? Als äußeres Zeichen meiner neuen Seriosität wurden meine Haare gestutzt. Der Kurzhaarschneider meines seit Langem unbenutzten Bartschneiders wurde auf zehn Millimeter eingestellt und schon hatte ich mir die Haare geschnitten.

Es war mir am Montag aber gelungen, rechtzeitig aufzustehen. Damit war ich pünktlich um acht in Havixdorf im Bauamt. Möhre hatte mir meinen Platz zugewiesen.

„Sie sehen ja sehr verändert aus! So sah mein Mann auch aus, als er aus der Gefangenschaft heimkehrte. Ich fand Ihren Zopf sehr schön."

So saß ich nun an meinem ersten Tag im Bauamt und wusste nicht recht, was ich machen sollte. Deshalb trank ich mit Möhre zusammen Kaffee. „Sie können heute so zum Warmwerden die Preise der Bohrpfahlgründung eingeben. Das sind die Unterlagen mit den geöffneten Briefumschlägen."

Es waren ungefähr zwölf Umschläge. Ich startete den PC, rief das Programm auf und suchte die Datei. Eine war mit „Gruendung.ava" bezeichnet. „Ist das die richtige?" „Da müssen Sie den Chef fragen!" Ich rief, ohne zu fragen, die Daten auf. Es war die richtige. Die Mengen der Positionen und die Texte passten zu dem ersten Angebot, das vor mir auf dem Tisch lag. „Muss ich nur die Preise eingeben oder soll ich auch auf andere Dinge achten?"

„Ja, da sind der Chef und die VOB immer sehr penibel! In den

Angeboten darf keiner etwas geändert haben. Immer wenn an einer anderen Stelle als vorgesehen etwas beschrieben wird oder wenn etwas durchgestrichen wurde, dann müssen Sie Herrn Gutmann hinzuziehen. Die Faustformel lautet, immer wenn etwas komisch ist, Chef hinzuziehen!" „Also nicht selbst denken", ergänzte ich den Satz in Gedanken. Das sollte ich hinbekommen.

Ich begann, die Preise einzutippen. In dem Angebot waren nur die Preise eingetragen worden, ansonsten war nichts verändert oder hinzugefügt worden. Bei einer Position hatte der Kalkulator des Unternehmens sich verrechnet.

„Hier hat einer 10 x 20 nicht richtig gerechnet. Der hat 2.000 dahin geschrieben. Was muss ich nun berücksichtigen? Soll ich von den 2.000 zurückrechnen?" „Nein, zurückrechnen ist nicht erlaubt! Sie müssen die Rechenfehler korrigieren, sodass 200 als Gesamtpreis für die Position herauskommt."

Nun gut, mir war es ja egal, was ich eintippte. Möhre verkündete: „Ich muss kurz Kaffee besorgen. Wir haben keinen mehr, und wenn gleich der Chef kommt und der Kaffee ist noch nicht fertig oder alle, dann aber!" Sie zwinkerte mir zu und verließ das Büro.

Ich war alleine im Büro und hatte die Hälfte der Preise eingetragen, als an die Tür geklopft wurde. Ohne auf eine Antwort auf sein Klopfen zu warten, trat ein Mann, vielleicht Ende vierzig, ein. Klein, mit dichtem Haar und jugendlich gekleidet.

„Guten Morgen, Herr Kollege. Ich wollte mich eben kurz vorstellen. Sebastian Schröer ist mein Name."

„Hallo, ich bin Adrian, Adrian Beermann, und soll hier ..."

„Ja ich weiß, Sie, aber wir können uns auch duzen, also du sollst beim Schulneubau helfen. Das ist ja über uns gekommen wie die Jungfrau zum Kinde."

„Wieso, war das denn nicht seit Langem geplant?" „Ne, da hat unser örtlicher Landtagsabgeordneter intensiv in Düsseldorf drum gekämpft. Keiner hat geglaubt, dass er das hinbekommen würde. Und wie gefällt es dir hier beim Gutmann?"

„Ja ganz gut, soweit ich das jetzt schon sagen kann. Nur an seinen Ton muss ich mich noch gewöhnen."

„Ja, er ist etwas ruppig, besonders dann, wenn einer seiner Mitarbeiter etwas besser weiß oder kann als er selbst." Gut zu wissen, darauf konnte ich mich einstellen.

„Sonst mache ich ja hier die Ausschreibungsauswertungen, doch ich muss seit zwei Monaten zum Bauhof. Ich bin dort der Bauhofleiter." Den letzten Satz betonte er voller Stolz. „Du musst mir aber einen Gefallen tun! Arbeite nicht so schnell! Denn sonst gewöhnt sich Gutmann an dein Tempo, und wenn ich dann vielleicht zurückkomme, habe ich ein Problem, da ich mit dem Ding ...", er zeigte auf den PC, „... auf Kriegsfuß stehe."

„Warum solltest du zurückkommen?" Er erklärte kleinlauter: „Ja das mit dem Bauhof ist erst mal kommissarisch. Vielleicht wird die Stelle noch ausgeschrieben."

Möhre kam mit einem Päckchen Kaffee wieder rein. „Morgen, Basti, hast du dich schon mit Herrn Beermann bekannt gemacht?" „Jo, ich habe ihm ein paar Tipps gegeben!" „Das glaube ich!", war die ironische Antwort der Möhre. „Ja dann, bis später", gab Basti von sich. Er wollte die Tür öffnen, doch da wurde diese mit Schwung von außen geöffnet. Basti konnte gerade noch den Kopf zur Seite werfen, sonst hätte er die Tür ins Gesicht bekommen.

Gutmann brummte: „Na Schröer, nichts zu tun oder was lungerst du hier herum?" Er erwartete keine Antwort.

„Schulze, Kaffee, aber pronto!" „Chef, dauert noch fünf Minuten." Gutmann, der auf dem Weg zu seinem Büro war, blieb ruckartig stehen. Er donnerte: „Das kann doch nicht wahr sein, wie lange bist du schon hier im Amt, Schulze? Glaubst du, ich habe hier überflüssige Zeit? Ich sitze doch nicht im Bus und bohre mir in der Nase!"

Er schlug seine Tür zu. Möhre machte einen sehr entspannten Gesichtsausdruck und meinte nur: „So iss er!" Sie setzte den Kaffee auf. Ich machte mich weiter an die Arbeit und tippte die restlichen Preise ein.

Ich wollte gerade das dritte Angebot aufschlagen, als Gutmann plötzlich laut rief: „Beermann, komm mal!" Möhre erkannte meinen irritierten Gesichtsausdruck. „Keine Angst, er ist wirklich ganz lieb, nur ein bisschen laut." Somit ging ich mit unklaren Erwartungen in sein Büro. Er saß an dem runden Tisch und hatte einige Papiere vor sich ausgebreitet.

„Setzen Sie sich bitte!" Er war nun anscheinend wieder ganz zahm und ich setzte mich auf den gewiesenen Stuhl.

„So, junger Mann, wir müssen nun mal ein paar grundlegende Dinge besprechen." Er schaute mir tief in die Augen. „Wenn Sie Fragen haben, kommen Sie zu mir. Schulze hat ein gefährliches Halbwissen. Ab morgen fangen Sie so wie ich erst um neun an! Klar?" „Klar." Prima, da konnte ich eine Stunde länger schlafen.

„Wir müssen ca. zwanzig Ausschreibungen durchführen, und wenn der Bau erst einmal begonnen wurde, machen wir beide auch die Bauleitung." Das wurde hier ja eine Lebensstellung. Vielleicht konnte ich sogar meine Diplomarbeit hier schreiben. Ich entspannte mich.

„So, und nun zu dem Aktuellen. Wenn Sie bei den Ausschreibungen der Firmen Fragen haben, dann kommen Sie zu mir! Ich bin der Chef. Ich weiß ja, dass Sie sich noch nicht gut auskennen, aber das ist kein Problem. Ich helfe Ihnen gerne. Wir müssen ein unschlagbares Team bilden, dann haben wir die Schule ruck, zuck gebaut. Ich brauche von Ihnen hundertzehn Prozent Leistung. Auf die anderen Leute hier im Rathaus kann ich mich nicht so verlassen. Und zum Sommerfest der Gemeindeverwaltung in der Dorfhalle kommen Sie auch! Morgen früh haben wir eine

Submission, da öffnen wir die Stahlbeton- und Maurerarbeiten und das machen nun wir beide. Hier ist die Liste mit den Ausschreibungen und den geplanten Terminen. So, und nun wieder an die Arbeit!" „Wird gemacht, Chef!", schmetterte ich, vielleicht eine Spur zu euphorisch.

„Ach, Beermann, hier ist noch eine Ausschreibung, Dachdeckerarbeiten. Da hat der Architekt Positionen vergessen. Fügen Sie diese in dem Programm doch noch hinzu und drucken die Unterlagen neu aus."

Ich fühlte mich geschmeichelt, Birne hielt doch mehr von mir, als er gegenüber dem unbekannten Heinrich geäußert hatte. So machte ich mich mit Elan über die nächsten Angebote her. Nach dem vierten Angebot stellte ich fest, dass bei vier Positionen der Preis fehlte. Was sollte ich damit machen? Was hatte Birne gesagt, ich solle nur ihn fragen?! Da Möhre ohnehin nicht da war, klopfte ich an seine Tür und wurde hereingebeten.

„Entschuldigung, Herr Gutmann, aber ich habe hier ein Problem, da fehlen bei vier Positionen die Preise." Gutmann schlug mit der flachen Hand auf die Schreibtischplatte. Ich zuckte zusammen. „Diese Idioten können noch nicht einmal alle Preise eintragen, mit denen hat man nur Arbeit! Geben Sie mal her." Ich gab ihm das Angebot und er sah sich die Positionen an. „Das ist der klassische Fall, bei den Erdarbeiten wissen die Firmen oft nicht, was sie kalkulieren sollen."

„Das ist aber bisher nur bei dieser Firma vorgekommen. Die anderen haben dort einen Preis eingetragen."

„Ja, bei Lamberding Grundbau kommt das öfters vor."

„Öfter." „Was?" „Es heißt öfter, da es keine Steigerung von öfter gibt, gibt es auch kein öfters."

Birne wurde rot im Gesicht und brüllte: „Raus, du Schlaumeier, sieh zu, dass du die anderen Angebote abarbeitest. Heute Nachmittag habe ich den Preisspiegel auf dem Schreibtisch." Was war ich doch für ein Idiot, da hatte ich die gute Stimmung durch meinen unbedarften Hinweis versaut.

Ich begann also, die Preise der restlichen Angebote in die EDV einzugeben. Ein Angebot legte ich zur Seite, da die Firma eine Position gestrichen hatte. Hierzu wollte ich Birne fragen, wenn ich den Preisspiegel abgab. Ich wusste noch nicht, was ein Preisspiegel war, aber hatte in der Software bereits eine Funktion mit diesem Namen entdeckt.

Doch wurde ich am zügigen Fortkommen gehindert, als mich Möhre aufforderte, Mittagspause zu machen. Als es dreizehn Uhr war, sagte sie: „Nun, junger Mann, Sie gehen jetzt aber mal Mittag essen. Ich habe Sie im Grunzenden Wildschwein bereits avisiert. Da gehen auch andere Kollegen aus dem Rathaus hin. Selbst der Bürgermeister ist dort oft Gast. Der bekommt zu Hause nicht immer was, da seine Frau meist in deren Ferienwohnung auf Wangerooge ist."

Ich betrat das gegenüber dem Rathaus liegende Grunzende Wildschwein. Der Gastraum mit der großen Theke war nur von vier Personen an drei Tischen besetzt. Hinter einem Wandvorsprung hörte ich noch weitere Stimmen.

„Guten Tag, möchten Sie Mittag essen?", wurde ich von einer jungen Frau, die aus einem Durchgang hinter der Theke kam, gefragt. Vor einigen Monaten hätte ich mich dem Anblick dieser Dorfschönheit – und eine solche war sie wirklich – nicht entziehen können. Die Frau, eher noch ein Mädchen, zumindest sollten dies die blonden Zöpfe versinnbildlichen, war eher eine reife Frucht, die darauf wartete, geerntet zu werden. Ich lenkte meine Gedanken schnell zu Susanne.

„Ja, Mö..." Ich schluckte den Rest des Wortes herunter und begann erneut. „Frau Schulze-Große-Möhrenfried sagte mir, dass ich hier gut zu Mittag essen könnte."

„Ach, dann sind Sie Herr Beermann. Nehmen Sie doch Platz."
Ich setzte mich an den freien Tisch vor dem Wandvorsprung und
bestellte. Während der Wartezeit erreichte mich eine Stimme,
deren Quelle hinter dem Wandvorsprung zu sein schien.

„Herr Beermann, kommen Sie doch zu mir, dann müssen Sie
nicht alleine essen." Meine Neugierde ließ mich aufstehen und zu
der Quelle der Aufforderung gehen. Dort saß Bürgermeister
Grobmeier.

„Guten Tag, Herr Bürgermeister. Sehr nett von Ihnen, dass Sie
mich zu sich bitten."

„Setzen Sie sich." Er hatte einen leeren Teller und eine Viertelli-
ter-Karaffe mit Rotwein vor sich stehen. „Haben Sie schon bestellt?" „Ja, ich bekomme ein Zigeunerschnitzel."

„Möchten Sie auch hiervon?" Er zeigte auf den Rotwein. „Nein
danke, ich muss noch fahren." Wir unterhielten uns, als ich aß,
über alles Mögliche und er fragte mich so nebenbei über private
Dinge aus.

Nach einer Dialogpause erwähnte er: „Und wie gefällt Ihnen
die Zusammenarbeit mit Gutmann?" Er ließ den „Herr" weg.
Darin lag für mich bereits eine Degradierung, die ich nicht von
einem Bürgermeister über seinen Bediensteten erwartet hätte.
„Ich sollte nun besser vorsichtig sein", ging es mir durch meinen
studentischen unvoreingenommenen Kopf.

So begann ich vorsichtig: „Nun, er ist schon ein imposanter
Mann mit einem großen Wissen und einer temporär basslastigen
Stimme. Ich kann da noch viel lernen."

„Passen Sie nur auf, dass Sie auch das Richtige lernen!" „Nun,
im Augenblick lerne ich ja viel zur öffentlichen Auftragsvergabe."

Ich wollte mein Unwissen nicht preisgeben und fügte hinzu:
„Die Theorie habe ich ja im Studium gelernt. Nun geht es an die
Praxis." Mein Gegenüber sah mich aus geröteten Augen an. Eine

weitere Karaffe stand vor ihm.

„Wenn Sie mal nicht weiterwissen und den Eindruck haben, dass Gutmann auch nicht weiterhelfen kann, dann kommen Sie zu mir!" Er rülpste vernehmlich und ein Schwall der Magenluft errichte mich. Ich versuchte noch, meine Nase aus dem Luftstrom zu bringen, doch war die Streuung so breit, dass ich hätte aufspringen müssen, um verschont zu bleiben. „Denn Sie müssen wissen, ich bin ja auch vom Fach!"

„Sind Sie auch Bauingenieur?" Er setzte sich mit geradem Rücken auf und machte sich groß. „Nein, nein! Ich, ich bin Architekt."

Er erhob sich und rief: „Ingrid, schreib das von Herrn Beermann auf meinen Deckel!" „Aber Herr Bürgermeister, das kann ich doch nicht annehmen." Er ging nicht auf meinen Einwand ein und ich ärgerte mich, dass ich nicht die Schlachterplatte genommen hatte.

Frisch gestärkt und mir Sebastians Arbeitsphilosophie in Erinnerung rufend, bearbeitete ich in angemessenem Tempo die restlichen Angebote, ohne dass noch etwas auffällig war. Ich führte die Funktion „Preisspiegel" aus und der Drucker wurde mit lautem Getöse aktiviert. Das lochperforierte umweltschutzfärbende Endlospapier wurde durch die vierundzwanzig Nadeln des Druckkopfes so malträtiert, dass die Rückseite auch als Blindenschrift hätte interpretiert werden können. Ich nahm mir den vierundzwanzigseitigen Ausdruck und erkannte, dass dies ein Vergleich der eingegebenen Preise war. Es wurden die einzelnen Positionen, deren Kurzbeschreibung, die Mengen und die Preise aller Firmen sowie das Produkt aus Menge und Preis und damit der Gesamtpreis ausgeworfen. Damit eine endlose Zahlenkolonne. Auf der letzten Seite wurden der Gesamtpreis aller Positionen und die Rangfolge der preisgünstigsten Firmen ausgeworfen. Grundbau Lamberding lag auf dem ersten Rang. Doch lag dies bestimmt daran, dass ich hier für die fehlenden Preise nichts eingegeben hatte. Der Gesamtpreis der fehlenden Positionen lag damit bei null. Doch sollte sich Birne hierzu äußern. Da er seit dem Mittagessen nicht mehr aufgetaucht war, legte ich die Unterlagen in sein Fach auf Möhres Schreibtisch.

Sebastians Kopf schaute zur Tür herein. „Kollege, es ist jetzt nach vier und damit Feierabend. Mach das Ding aus und fahr nach Hause!" Dieser Aufforderung wollte ich mich nicht entziehen und hinterließ nur noch einen Kondensstreifen.

Dienstag, 27. August

Birnes Anordnung, erst um neun Uhr mit dem Dienst zu beginnen, war meinem Biorhythmus optimal entgegengekommen. Denn nach meinem gestrigen Arbeitstag war ich noch auf ein Bier raus gewesen. Es hatte nicht spät werden sollen. Doch hatten mich die guten Gespräche über Frauen, Kino, Musik und vieles mehr dann doch davon abgehalten, früh ins Bett zu gehen. Meine Bettschwere hatte ich jedoch nicht den Gesprächen zu verdanken. Damit war ich mit Kopfschmerzen aufgewacht. Der Wecker hatte seinen Dienst bestimmungsgemäß erfüllt. Mir war meine neue Dienstpflicht sogleich in den Kopf geschossen. Noch vor einigen Tagen wäre ich liegen geblieben. Doch nun als Semibeamter galt es, pflichtbewusst zum Dienst zu eilen.

Um zehn vor neun hatte ich die Klinke zu meiner Amtsstube in der Hand. Möhre saß schon am Schreibtisch.

„Guten Morgen, junger Mann, Sie kommen aber spät!" „Hat Herr Gutmann doch angeordnet, dass ich erst dann komme, wenn auch er regelmäßig kommt, um neun." „Ach! Wann sind Sie denn gestern gegangen?" „Ich habe mit Sebastian zusammen das Rathaus verlassen, gegen sechzehn Uhr." „Gut, ich muss das nur wissen, da ich für unser Amt die Stunden der Mitarbeiter notiere!"

Meine erste Handlung bestand darin, die zusätzliche Position, die Birne haben wollte, in das Leistungsverzeichnis der Dachdeckerarbeiten einzutragen. Der Rechner signalisierte gerade seine Arbeitsbereitschaft, als die Bürotür mit dem nun schon bekannten Schwung Gutmanns aufgerissen wurde. Birne stand in der Tür und brüllte wie ein Bierkutscher: „Morgen!" Nicht nur der Ton assoziierte den Bierkutscher, auch der Geruch seines Atems, der die zwei Meter, die mich von Birne trennten, ohne Probleme überwand. Ich roch bestimmt nicht viel besser, ging es mir durch den Kopf. Möhre lächelte ihr gewohntes Lächeln, wenn Birne vergaß, was Knigge empfahl.

„Beermann, los, mitkommen! Schulze, Kaffee, aber pronto!" Möhre und ich sahen uns an und verkündeten aus einem Munde: „O.k., Chef!" Birne blieb auf dem Weg zum Büro stehen, sah uns an und meinte grinsend: „Mann, Beermann, mit dir haben wir ja den Richtigen für Schulze gefunden." Ich fühlte mich beschwingt durch die gute Stimmung, die in dieser Amtsstube herrschte, und folgte Birne.

„So, junger Mann." Wir saßen in der bekannten Konstellation an seinem runden Tisch.

„Was liegt heute an?" „Nun, ich sollte ja noch die zusätzlichen Positionen bei den Dachdeckerarbeiten einfügen. Das habe ich gemacht. Doch verstehe ich nicht, was Sie damit wollen. In den Zeichnungen, die bei Ihnen an der Wand hängen, ist nirgendwo ein Flachdach eingezeichnet."

Ich sah zu den Zeichnungen und ergänzte: „Warum sollen wir also so viel Flachdachabdichtung ausschreiben?"

Birne sah mich aus schmalen Augenschlitzen an und brüllte nicht, sondern meinte nur ironisch: „Du kannst ja denken! Und wenn du nun noch Erfahrungen gesammelt hast, weißt du, dass der Bau immer Überraschungen bietet, und da will ich nur vorbereitet sein. Wenn wir doch noch ein Flachdach bauen, haben wir schon die Preise ermittelt. Ist doch praktisch, woll!"

Mit dem „woll" lenkte er mich ab, sodass ich die fachfremde Frage stellte: „Sind Sie aus dem Sauerland?" „Sauerland? Ne, Benninghausen, das liegt in der Nähe! Doch wollen wir hier nicht meine Lebensgeschichte erörtern. Ich habe für dich noch eine Überraschung!" Nun war ich neugierig, ich liebte Überraschungen. Er kramte in seiner abgegriffenen Aktentasche und holte einen Stapel Blätter heraus.

„Hier ist die Ausschreibung mit den fehlenden Preisen und der Preisspiegel. Ich habe gestern Nachmittag mit dem Unternehmer gesprochen und der hat seinen Kalkulator vorbeigeschickt und die Preise ergänzt." „Das ist praktisch", ging es mir durch den Kopf. „Nun kannst du die Preise übernehmen. Ich bin dann mal gespannt, wer der Billigste ist! Also ran an die Arbeit!"

Ich erhob mich und ging raus, da ergänzte Birne noch: „Die Dachdeckerarbeiten druckst du anschließend aus und kopierst sie zwanzigmal und um elf Uhr haben wir den Submissionstermin." Ach ja, den Termin, den hatte ich nicht mehr in Erinnerung gehabt. Auch wusste ich noch nicht, was eine Submission war. Ich nahm mir vor, Möhre zu fragen. Doch sie war nicht da.

Also übernahm ich die nachgetragenen Preise. Die Schrift der neuen Preise passte zu den übrigen handschriftlich eingetragenen Preisen. Birne war also schon ein Fuchs, so dachte ich. Nun war es interessant zu erfahren, an welcher Stelle der Preisrangfolge die Firma Grundbau Lamberding nun angesiedelt sein würde. Da der Bildschirm hierüber keine Auskunft gab, druckte ich den Preisspiegel aus. Der Drucker verrichtete seinen Dienst hörschädigend. Daher hörte ich auch nicht das Klopfen an der Tür.

Sebastian steckte seinen Kopf durch die Tür. „Ist er da?" Er sprach leise und deutete mit einer ruckartigen Bewegung des Kopfes auf Birnes Büro. Ich nickte. „Hast du Lust auf einen Kaffee?" Ein erneutes Nicken. „Dann komm." Der Drucker verrichtete noch seinen Dienst und da konnte ich ja kurz mitkommen, vielleicht nahm unsere bisherige sehr ökonomische Unterhaltung etwas an Fahrt auf.

Sebastian führte mich in den Frühstücksraum des Rathauses. Dort saßen bereits einige Kollegen und lasen schweigend in ihren Zeitungen. Ein eigenartiger Geruch breitete sich in dem fensterlosen Raum aus. „Morgen, Kollegen, ich möchte euch kurz unseren Neuen, Adrian Beermann, vorstellen", vernahm ich Sebastian. Sebastians Vorstellung ging in einem gemurmelten „Morgen!" unter. Die Blicke wurden dabei nicht von der anscheinend fesselnden Berichterstattung des „Havixdorfer Boten" gehoben.

„Setz dich!", wurde ich aufgefordert. „Ja, auf einen Kaffee habe ich wohl Zeit." Sebastian gab mir eine Tasse und schenkte mir ein.

„Die ist extra für Besucher. Wir haben alle unsere eigene! Das ist meine!" Er zeigte mir seine Tasse. Darauf war ein an einem Schreibtisch schlafender Mensch abgebildet, über dem der Satz prangte: „Ein hoch motivierter Angestellter". „Sehr schön", war mein einsilbiger Kommentar. Eine Frau erschien im Türrahmen der Kaffeebude. „Bastie, der Rüdiger sucht dich schon, der hat ein Problem mit den Grünabfällen." Sebastian sprang auf. „Ich komme sofort." Zu mir gewandt meinte er: „Nun dann, auf später." Ich wollte mich verabschieden und nahm einen kräftigen Schluck aus der Tasse. Da sah einer der Kollegen, ein fast asketisch wirkender Mann mit einer Stoppelhaarfrisur, von seiner Lektüre auf und sprach mich an. Mir stockte der Atem, ein übler Mundgeruch wehte mir entgegen, der auch die Ursache des Geruchs in dem Raum sein musste.

„Nun mal langsam, junger Mann, unser Bastie war immer schon hyperaktiv. Lassen Sie es ruhig angehen. Hier läuft Ihnen nichts weg. Wir vier lesen hier auch immer in Ruhe unsere Zeitung und das kann schon mal so 'ne Stunde dauern und dann ist die Arbeit immer noch da."

Die drei anderen murmelten eine Zustimmung. Das war eine interessante Arbeitsphilosophie, der konnte ich mich anschließen, und so schenkte ich mir noch etwas Kaffee nach. Nur mit den Gerüchen hatte ich noch meine Probleme, beim nächsten Mal sollte ich meine Zigaretten mitbringen oder ein Duftspray kaufen und hier einsetzen. „Ja dann kann ich ja noch in Ruhe etwas lesen." Ich nahm mir eine der Zeitungen, die auf dem Tisch lagen und von gestern waren, und hielt sie mir wie ein Schutzschild vor die Nase. Da mich die Dorfnews nicht wirklich interessierten, endete meine Lektüre vermutlich deutlich schneller als bei den Übrigen und ich verschwand wieder aus der Kaffeebude.

Zurück im Büro war alles unverändert, Möhre war weg, Birnes Büro verschlossen. Nur der Drucker blinkte hektisch vor sich hin. Papierstau. So was Blödes, jetzt konnte ich den gesamten Vorgang nochmals durchführen. Das zerknüllte Papier entsorgte ich in der Restmülltonne und sah vor meinem inneren Auge die Müllkommilitonen, die augenblicklich Mülltrennungen durchführten. Sollten die doch das Papier fachgerecht entsorgen. Ich startete also den Vorgang und verfolgte diesen nun mit Argusaugen, korrigierte jeden noch so kleinen unsymmetrischen Einzugsversuch des Papiertraktors und hatte Erfolg. Dies war mit einem unangenehmen Ohrgeräusch verbunden. Die Tinnitusgefahr musste ich auf der Negativseite meines neuen Jobs verbuchen. Ich studierte die letzte Seite und war erstaunt, mit welch geringem Abstand die beiden ersten Firmen ihr Angebot kalkuliert hatten. War der Abstand der erstrangigen Firma Grundbau Lamberding zuvor noch deutlich gewesen, da eben nicht alle Preise enthalten waren, hatten die Firmen nun die Plätze getauscht und die ursprünglich zweite Firma war nun die erstrangige.

Da das Ergebnis offensichtlich wichtig war, suchte ich meinen

Chef auf, um ihm die Botschaft zu verkünden.

„Alles erledigt! Die Firma Lamberding ist auf den zweiten Platz gerutscht, mit nur 8,62 DM Unterschied."

„Das kann nicht sein! Ich habe es gestern überschlagen und da war Lamberding der Günstigste", fauchte mich Birne an. Mann, das war doch nicht schlimm, ob diese oder die andere Firma den Auftrag erhielt. Bei so einem geringen Abstand. Ich war mir sicher, dass ich keinen Fehler gemacht hatte.

„Zeig mal her, ich sehe mir das selber mal an. Hol mal das Angebot von Lamberding." Er riss mir die Unterlagen aus der Hand und verglich die Daten. Nachdem er die zweite Seite des Angebotes aufgeschlagen hatte, triumphierte er: „Na, da haben wir den Fehler. Hier, das ist keine 6, sondern eine 5." Noch bevor ich seine Feststellung hatte nachvollziehen können, fuhr er mit seinem Kugelschreiber die Konturen der Zahl nach.

„Ist nicht schlimm, diese Kalkulatoren haben oft eine Sauklaue, da kann man sich schon mal verlesen."

Ich hatte eigentlich keine Probleme gehabt, dennoch war ich durch seine Selbstsicherheit verunsichert. „Und Beermann, da siehst du mal, wie gut es ist, einen erfahrenen Chef zu haben. Ändere die Daten und gut ist."

Ich gab also eine 53 und nicht 63 ein. Bei einer Menge von zwei Stück war das eine neue Differenz von 11,38. Um diesen Betrag war die Firma Lamberding nun günstiger als die andere Firma.

Mit dieser Botschaft wollte ich Birne beglücken, klopfte an seine Tür und trat ein. Er hatte den Telefonhörer in der Hand und schaute mich überrascht an.

„Moment, Wolfgang, ich habe Besuch bekommen! Mein neuer Mitarbeiter", sprach er in den Hörer und zu mir gewandt: „Ist es wichtig?"

„Ich habe das Ergebnis"

„Und wer ist der Billigste?"

„Die Lamberding Grundbau." „Wer? Ich habe es nicht verstanden!", gab er von sich und drehte dabei den in der Hand gehaltenen Hörer etwas in meine Richtung.

„Die Firma Lamberding Grundbau, mit einem Abstand von nicht einmal 12 DM."

Birne erwiderte nur: „Ja, der Kalkulator von Lamberding hat schon einen sehr spitzen Bleistift." Was diese Metapher nun mit dem Angebot zu tun haben sollte, war mir nicht klar, doch sollte es mir egal sein. Birne winkte mich aus seinem Büro heraus, so, wie es Peter Ustinov in seiner Rolle als Nero gemacht hatte. Ich trollte mich.

Nun kam auch Möhre wieder. Sie setzte sich ohne große Worte an ihren Schreibtisch und nahm sich einen Stapel Papiere vor. Ihre Stirn war in krause Falten gelegt, also noch zusätzlich zu den ohnehin schon existierenden.

Ich sah sie an und fragte: „Alles klar?" „Nichts ist klar. Unser Kämmerer benötigt unbedingt die Straßengebührenabrechnung des letzten Neubaugebietes und er ..." Ihr Kopf ruckte zu Birnes Büro. „... hat die natürlich noch nicht fertig. Wenn ich den frage, wann ich mit den Zahlen rechnen kann, wird er mir sagen, dass ich die schätzen soll. Also kann ich sofort den Würfel rausholen und die Gebühren würfeln."

„Und wenn das jemand merkt?" „Dann wird er vom Bürgermeister eingeladen und der ist trinkfest."

Nun war es gleich so weit, dass ich zu dem Submissionstermin gehen musste und immer noch nicht wusste, was dabei passieren sollte. „Ich habe da noch eine Frage!" Möhre sah zu mir auf und ihre Augen hatten wieder diesen mütterlich sanften Ausdruck. „Nur zu, Adrian!" Das war das erste Mal, dass sie mich so nannte, es war mir so ganz recht. Wenn jemand Herr Beermann zu mir sagte, fühlte ich mich immer so alt.

„Ich habe ja gleich zusammen mit ihm ..." Mein Kopf ruckte in

Richtung Birnes Büro, so, wie Möhre es vorhin auch getan hatte, und ein Lächeln huschte über ihr Gesicht. „... den Submissionstermin. Was ist das eigentlich im Detail?" Die Details interessierten mich nicht, ich wollte zuerst einen globalen Überblick haben. Doch hätte ich mit einer Grundsatzfrage meine Unwissenheit preisgegeben und das galt es zu vermeiden, und da ich wusste, dass Möhre einen Hang zur Detailerklärung hatte, würde ich mit ihrer Antwort umfassend aufgeklärt werden.

Sie setzte sich auf, holte Luft und war bereit, mit ihrem Vortrag zu beginnen. „Nun, wir sammeln ja die Angebote der Firmen, die sich an den Ausschreibungen beteiligen, und lassen diese in den verschlossenen Umschlägen hier liegen. Sie haben ja den Stapel da neben sich auf dem Schreibtisch. Bis zu dem Submissionstermin können die Firmen ihre Angebote noch hier abgeben. Im Termin werden die Umschläge geöffnet und die Angebotssumme wird verlesen. So weiß bis zu diesem Zeitpunkt niemand, welchen Preis die unterschiedlichen Firmen abgegeben haben. Über den Termin wird ein Aktenvermerk angefertigt, die Niederschrift. In dieser wird dokumentiert, welche Firmen ein Angebot abgegeben haben und welcher Preis vorgelesen wurde. Zudem werden dort eventuelle Preisnachlässe und Begleitschreiben, also Briefe der Bieter, die abgegeben wurden, dokumentiert. Ich denke, dass Sie die Niederschrift schreiben werden. Dann werden die Unterlagen markiert. Das geschieht mit einem locherartigen Gerät, das einen Stern durch die abgegebenen Angebote stanzt. So kann niemand später Unterlagen zu den Angeboten hinzufügen, da es ja auffallen würde, wenn die Stanzung nicht oder nicht an gleicher Stelle vorhanden wäre. Die Bieter unterschreiben dann die Niederschrift und Sie können die Angebote dann prüfen und nachrechnen."

„Muss ich frei protokollieren?" „Nein, wie immer in der öffentlichen Verwaltung gibt es auch hierzu ein Formblatt. Das füllen

Sie aus und alles ist gut!"

Wir schwiegen und ich überlegte, was ich soeben alles gehört hatte und was davon wichtig war. Möhre brach das Schweigen und ergänzte ihren Vortrag: „Mit dem Titel ‚Submissionstermin' wird die Bedeutung der öffentlichen Beschaffung klar, denn Submission kommt von dem englischen Wort für Unterwerfung. In dem Termin unterwerfen sich die Firmen, die ein Angebot abgaben, dem Willen des Auftraggebers. Wer das nicht gemacht hat und in seinem Angebot etwas verändert hat, was der Auftraggeber nicht wollte, der fliegt raus."

Nun, das waren harte Regeln. Die Bieter durften ihren eigenen Willen nicht äußern, getreu dem Motto „friss oder stirb!".

Birne trat ein und überreichte mir ein paar Blätter. „Hier, ich habe die Niederschrift schon mal vorbereitet. Haben Sie die Dachdeckerarbeiten schon ausgedruckt?" „Das wollte ich eigentlich jetzt machen. Doch befürchte ich, dass dies mit diesem Drucker zu einer Hörschädigung der Kollegin führen wird." Birne sah mich verständnislos an. „Schulze, ist der Drucker zu laut?" Die Angesprochene öffnete ihre Schublade und holte gelbe Ohrstöpsel hervor, solche hatte ich während meiner Schreinerlehre auch eingesetzt. Möhre erklärte: „Ich bin auf fast alles, was hier passiert, vorbereitet, nicht wahr, Chef?" „Ja, Schulze, du bist schon zu gebrauchen!" Möhre quittierte das eigentümliche, nicht unbedingt humanistische Kompliment mit einem ihrer Routinelächeln. Ich startete somit den Vorgang und der Lärm begann. Birne verschwand in Richtung Flur.

Um kurz vor elf erschien Birne in der Tür und ordnete an: „Los, mitkommen! Klemmen Sie sich die Angebote unter den Arm und kommen Sie." Mit „unter den Arm klemmen" war es nicht getan. Auf dem Tisch lagen circa zehn Umschläge und jeder hatte im Vergleich zu dem mir gut bekannten Referenzgewicht einer 100-Gramm-Tafel Schokolade mindestens das Dreifache an

Gewicht. Ich transportierte die Angebote auf einem Arm gestapelt vor mir her. Unser Weg führte in einen Konferenzraum im Obergeschoss. Zumindest stand das an der Tür, als wir eintraten. Ohne diese Information und den großen Tisch mit einer stattlichen Anzahl von Stühlen hätte ich den Raum eher für einen überdimensionierten Abstellraum gehalten. An den Wänden standen Stahlregale, die mit Akten gefüllt waren, und weitere Aktenordner waren in Umzugskartons liegend auf dem Boden und übereinandergestapelt. Es roch muffig in dem Raum. Zu meiner Freude öffnete Birne ein Fenster.

„So, Sie setzen sich gleich neben mich und tragen die Namen der Firmen und die verlesenen Angebotssummen in die Niederschrift ein. Die Angebote legen Sie dort oben an der Kopfseite des Tisches ab. Wenn wir ein Angebot geöffnet haben, stanzen Sie es sofort. Die Stanze steht da hinten. Holen Sie diese hier zum Tisch."

Dieser Anweisung folgend, holte ich die Stanze. Diese sah tatsächlich aus wie ein Locher, nur dass nur ein Loch respektive Stern gestanzt wurde. Um den Dorn auch durch dickere Papierpakete treiben zu können, war der Hebel mit einem Rohr verlängert worden.

Es klopfte. Eine Frau erschien im Türrahmen. „Ich bin von der Firma Oeverkamp, ist hier die Submission für die Rohbauarbeiten?" Birne strahlte die Dame an und erwiderte: „Hier sind Sie genau richtig. Kommen Sie herein." Sechs weitere Personen erschienen noch. Hierbei spielte sich das Begrüßungsritual immer ähnlich ab. Birne schaute auf die Uhr und ging zur Tür, schaute den Flur herunter, nochmals auf die Uhr und verkündete: „Es ist jetzt 10:59 Uhr, da kann ich ja die Tür schließen." Da war vom Flur ein Ruf zu hören: „Noch nicht, ich komme auch noch!" Birne sah den Flur herunter und im Türrahmen tauchte ein gut gekleideter Mann um die fünfzig, kurzes graues Haar und gleichfarbiger Anzug, sehr schlank, mit einem Lächeln auf den Lippen, auf. „Guten Morgen, das ist aber prima, dass ich den Termin noch geschafft habe. Hier mein Angebot." Er sprach recht leise und mein Bild von Gandalf dem Grauen, mit kurzen Haaren, wurde in mein Bewusstsein projiziert.

Birne legte das Angebot oben auf den Stapel, der letzte Teilnehmer setzte sich auf den letzten Platz und Birne verkündete: „Elf Uhr, wir beginnen. Ich darf Sie alle zur heutigen Submission für die Rohbauarbeiten zu unserer neuen Schule begrüßen. Ich bin Siegfried Gutmann, Bauamtsleiter der Gemeindeverwaltung, ich leite die Submission und neben mir sitzt mein neuer Mitarbeiter Adrian Beermann. Herr Beermann führt das Protokoll und wird die Stanzung vornehmen. Ich beginne mit dem ersten Angebot."

Er nahm das letzte eingereichte Angebot, das oben auf dem Stapel lag, setzte den Brieföffner an und zog ein dickes Bündel Papier aus dem Umschlag. Er schrieb mit einem Kugelschreiber eine Eins auf den Umschlag und das oberste Blatt, blätterte ein paar Seiten weiter und verkündete mit einem Blick in die Runde und zu mir gewandt: „Bitte notieren Sie: Firma Betonbau Wolfgang Lamberding aus Billerbach, 1.152.113,50 DM, kein Nachlass, kein Begleitschreiben."

Alle Anwesenden notierten sich ebenfalls die Zahlen. Er gab mir den Stapel Papier. „Stanzen Sie oben links."

Ich legte den Stapel unter die Stanze. Zu meiner großen Überraschung musste ich feststellen, dass erhebliche Kraft auf den Hebel ausgeübt werden musste, damit der Dorn durch das Papier trieb. Meine Bemühung, die notwendige Kraft zu mobilisieren, erzeugte den Spott meines Vorgesetzten. „Na, Beermann, da müssen Sie aber noch ein paar Butterbrote essen, damit das besser funktioniert." Einige Lacher quittierten diese Bemerkung, der lauteste kam von dem zuletzt Eingetroffenen.

Der nächste Umschlag wurde geöffnet. Birne las vor: „Tief und Hoch Echtermann, Münster, 1.133.134,80 DM, zwei Prozent Nachlass, kein Begleitschreiben." Ich lochte das Angebot diesmal mit einsetzender Routine. Es war dennoch sehr schwer.

Die Gesichter der anwesenden Firmenvertreter waren auch bei der nächsten Öffnung ausdruckslos. Ein Pokertisch mit zwölf Teilnehmern. Gandalf lächelte vor sich hin. Birnes Stimme unterbrach meine Beobachtung. „Ingenieurbau Scharfmann, Ibbenbüren, 1.865.456,90 DM." Ich lochte mit Mühe.

Die nächsten sechs Angebote wurden ohne Besonderheiten geöffnet und mir gelang die Stanzung. Birne öffnete das zehnte und verlas die Auftragssumme. Ich wollte stanzen, bemerkte jedoch, dass das Angebot schwerer war als die bisherigen. „Ich glaube, dass ich das hier nicht in einem stanzen kann. Es ist dicker als die anderen." Eine Stimme aus dem Publikum warf ein: „Ja bei den ganzen Unterlagen, die Sie haben wollten, hat sich einiges angesammelt." „Lassen Sie es zusammen, ich stanze!", verkündete mein Vorgesetzter.

Er stand auf und nahm mir das Angebot aus der Hand. „Ich habe offensichtlich mehr an Masse, um das blöde Loch zu stanzen."

Artige Lacher quittierten die Bemerkung. Gandalf lächelte unberührt. Birne steckte das Papier unter die Stanze und drückte. Nichts geschah. Er richtete sich auf, um sein Gewicht besser auf den Hebel zu bringen. Der Dorn der Stanze bewegte sich und trieb ins Papier. Doch blieb er auch wieder stecken. Birne streckte sich erneut und beugte sich über den Hebel der Stanze.

„Das wäre doch gelacht, wenn ich das blöde Loch nicht hineinbe..." Mit der letzten gesprochenen Silbe war ein deutliches „Knack!" zu vernehmen. Der Oberkörper des Amtsleiters stürzte auf die Tischplatte und richtete sich aber prompt wieder auf. In seiner Hand den Hebel der Stanze und hielt ihn wie eine Waffe in die Höhe. „Abgebrochen, das Scheißding. So ein Mist." Er legte das Corpus Delicti auf den Tisch und nahm sich das Angebot. Dieses steckte noch in der Stanze. Er zog daran, aber nichts änderte sich. Das Angebot war in der Stanze gefangen. Anscheinend von Wut getrieben, schnappte er sich den abgebrochenen Hebel und schlug auf die unbrauchbar gewordene Stanze. In dem Raum war, neben dem Schlag, das Zurückschnellen einer Feder deutlich zu hören. Das Angebot war frei. Birne hielt es hoch. Die Stanze und Birne hatten es nicht mehr geschafft, den Dorn noch vollständig durch die Blätter zu treiben. Die letzten Seiten waren ungelocht. „Na, egal", brummte er. „Wir machen nun weiter ohne Stanze." „Ich gehe davon aus, dass niemand von Ihnen etwas dagegen hat", fügte er leise, fast schon drohend, hinzu. Es war still im Raum. Ich sah teilnahmslose Gesichter. Nur Gandalf lächelte. Wir öffneten die letzten vier Angebote und schlossen mit den Unterschriften der anwesenden Firmenvertreter unter der Niederschrift den Submissionstermin.

Wieder im Büro angekommen, erhielt ich von Birne die Order: „Die Angebote müssen bis Montag durchgearbeitet werden! Also mach dich an die Arbeit." Möhre erhielt die Info: „Ich muss noch zum Kreis nach Coesfeld und komme heute nicht wieder." Er verließ das Büro und knallte die Tür zu.

Ich zuckte unweigerlich zusammen. „Was ist denn mit ihm los?", war Möhres Frage. „Wenn er sagt, dass er nicht wiederkommt, ist er ziemlich sauer. Ist er mit unserem Bürgermeister aneinandergeraten?" „Nein, ein Streit war das nicht." Ich erzählte ihr von dem Missgeschick und sah, wie sich die Mimik meines Gegenübers zu einem Lachen verwandelte, in das auch ich einstimmte, als mir die groteske Figur Birnes auf dem Tisch erneut vor mein inneres Auge trat.

Der verbleibende Amtsstubentag verlief ruhig. Ich druckte die Dachdeckerarbeiten erneut aus, da das Farbband seinen Dienst eingestellt hatte. Als Möhre nach ihrer Mittagspause wieder da war, machte ich mich vorsichtig daran, ihr zu erklären, dass ich am kommenden Tag keine Zeit hätte, da ich dann an der Fachhochschule gebraucht würde. Möhre akzeptierte die Information gelassen und bemerkte lediglich, dass ich mir ohnehin mehr Zeit nehmen könne als bis zum kommenden Montag. Ich solle es ruhig angehen lassen.

Mittwoch, 28. August

Es war richtig schön gewesen, nach den zwei anstrengenden Arbeitstagen wieder um zehn Uhr zur FH zu gehen. An diesem Tag sollten die Erstsemester eingeführt werden. Wir von der Studentenvertretung übernahmen das und es bereitete mir eine selbstgefällige Freude, vor den Frischlingen zu referieren, dass nicht alles so heiß gegessen wird, wie es gekocht wird. In meiner Gruppe war auch wieder Ede. Er stellte mir einen ernsten, großen, wie ein muskulöser Surfer aussehenden Studenten vor. „Das ist Tom, wir haben zusammen Fachabi gemacht. Er hat auch etwas Richtiges gelernt. Er ist Heizungsbauer." Der Vorgestellte blickte mich ruhig an, fügte Edes Äußerungen nur ein „Hey!" hinzu. „Etwas einsilbig", ging es mir durch den Kopf. Doch war Rhetorik für einen Bauingenieur auch nicht zwingend notwendig. „Und Tom, bist du auch aus Holzhausen?" „Ne, Münster." Also ein Eingeborener. Zu uns trat ein etwas kleinerer Mann, gekleidet mit einer Weste aus schwarzem Kunstleder. Seine Oberlippe zierte ein Bart, so, wie er in den 1970er-Jahren modern gewesen war, darüber thronte eine selbsttönende Pilotenbrille, die ihm auf die Nase gerutscht war. „Du hast eben erzählt, dass du aus dem Sauerland kommst." „Ja, aus Schmallenberg und dann noch tiefer in die Täler hinein." „Ich bin aus Warstein." „Schön, und wie heißt du?" „Ulf." „Nun, Ulf, kommst du morgen Abend auch zu der Erstsemesterparty?" „Ne, ich muss noch arbeiten, ich fahre freitags morgens meist einen Bier-Lkw nach Sylt und am Samstag zurück." „Ach, dann bist du Lkw-Fahrer." „Ne, das ist nur ein Hobby. Ich bin Schreiner." „Es wird hell in der Finsternis!", rief ich aus. „Noch ein Schreiner und dazu ein Sauerländer, wenn das nicht eine gute Kombination ist, dann weiß ich es auch nicht." „Hauptsache er hat ein Handwerk gelernt", fügte Ede hinzu. „So, Männer, wir müssen weiter!" Ich führte meine Gruppe den restlichen Vormittag durch die FH und konnte dabei meinem Lieblingsjob als Senior-Studiosus nachkommen. Ulf wich mir nicht mehr von der Seite und schien froh, den ersten Landsmann gefunden zu haben.

Montag, 2. September

Den letzten Teil der ersten arbeitsreichen Woche im Amt hatte ich mit der Bearbeitung der Rohbau-Ausschreibung verbracht, war aber noch nicht ganz fertig. Birnes Vorgabe wurde durch die neue Order gebrochen, die Ausschreibung der Dachdeckerarbeiten zu vervielfältigen und an die Firmen zu versenden. Birne hatte dies am Freitag missgelaunt zur Kenntnis genommen. Erfreulich war jedoch gewesen, dass ich meine erste Lohnabrechnung erhalten hatte.

So begann der Montag mit der Erkenntnis, dass meine Arbeit in Havixdorf einen Sinn hatte. Mein Konto wurde aufgefüllt.

Da ich die Angebote der Rohbauausschreibung von unten nach oben bearbeitet hatte – mit den zuletzt geöffneten Angeboten hatte ich also begonnen –, musste ich nun die drei zuerst geöffneten bearbeiten. Nummer drei und zwei stellten mich vor keine Herausforderung. Bei Nummer eins hatte ich nicht besonders auf den Namen der Firma geachtet, lediglich der Preis war ausschlaggebend. Ich hatte also die Preise in die Tastatur gehackt und dies mit dem Zeigefinger der linken Hand auf dem Papier verfolgt. Nur noch die Preise im Blick, hatte ich zum Ende des

Angebotes das Problem, dass die Software der Meinung war, dass das Ende des Angebotes erreicht worden war, doch hatte ich laut dem bernsteinfarbenen Text auf dem Bildschirm noch einige Preise einzugeben. Also musste ich etwas falsch gemacht haben und ich begann von vorne und stellte nun fest, dass es Gandalfs Angebot war. Diesmal überprüfte ich neben den Preisen auch die Nummern der Positionen und deren Beschreibung. Diese genauere Überprüfung nahm den ganzen Vormittag ein.

Birne erschien zwischenzeitlich und fragte ungeduldig: „Fertig?" „Nein, ich muss noch das Angebot von Lamberding eingeben, da stimmte etwas mit der Reihenfolge der Positionen nicht."

Zu meiner Überraschung erwiderte Birne nun etwas gelassener: „Na machen Sie ganz in Ruhe, es ist wichtig, dass alles stimmt!"

Als Ergebnis meiner Überprüfung stellte ich fest, dass einige Seiten doppelt und teilweise sogar dreifach vorhanden waren. „Wie geht man mit so etwas um?", ging es mir durch meinen unbelasteten Kopf. Ich musste Birne fragen, er wollte ja ohnehin, dass ich ihn bei Problemen informierte.

„Entschuldigung, Herr Gutmann, aber ich muss Sie kurz stören!" Vorsichtig steckte ich meinen Kopf durch die Tür, nachdem ich auf mein Klopfen keine Antwort erhalten hatte. Er sprach in den Telefonhörer und winkte mich rein. Ich bekam noch mit, wie er sagte: „Du Heinrich, mein Mitarbeiter ist da." „Ja, der Neue, mach's erst mal gut." Er legte den Hörer auf die Gabel und wandte sich mir zu.

„Nun, was liegt an?" Der väterliche Tonfall ließ mich entspannt mein Anliegen vortragen. Gutmann schüttelte mit dem Kopf.

„Es ist zum Mäusemelken, da passieren immer die dümmsten Fehler. Aber dass eine Firma Angebotsseiten mehrfach beilegt, ist auch mir noch nicht untergekommen. Sind denn die Preise der einzelnen Positionen übereinstimmend?"

„Nein, das ist es ja, sonst hätte ich ja nicht fragen müssen."

„Nun, da wird der Kalkulator vermutlich mehrere Kalkulationen durchgerechnet haben und da sind ihm die Blätter zwischen das eigentliche Angebot gerutscht."

Das klang einleuchtend. „Ja und was muss ich nun werten?" „Ja, das weiß ich auch noch nicht! Haben Sie denn schon die übrigen Angebote alle eingegeben?" „Ja!"

„Dann drucken Sie mir den Preisspiegel aus und lassen mir das Angebot von Lamberding da. Ich sehe es mir in Ruhe an und den Rest des Tages gebe ich Ihnen bezahlten Urlaub. Schulze ist nicht da, der sage ich, dass Sie bis nachmittags da waren!" Er grinste mich an und ich strahlte über die so gewonnene Freizeit.

„Das ist ja prima, dann starte ich jetzt den Druck." „Gut, legen Sie den gleich auf meinen Schreibtisch. Ich muss jetzt zu einem Termin." Eine Dreiviertelstunde später rollte mein Benz vom Parkplatz.

Der Nachmittag konnte beginnen, hierzu traf ich mich mit einigen gleichgesinnten Freunden des Müßiggangs am Aasee. Die Wiesen waren noch braun und trocken von der Augustsonne, der Boden speicherte die Wärme der vergangenen Tage und lud so zum Verweilen ein. Wir hatten uns eine Kiste Bier besorgt und stellten diese in den Mittelpunkt unserer kleinen Gruppe. Ich erzählte meinen Begleitern, wie angenehm die Arbeit in Havixdorf doch war, wenn ich einmal von den potenziellen Wutausbrüchen meines Amtsleiters absah. „Da kann die falsche Rhetorik den ganzen Tag ruinieren. Aber wenn er gut drauf ist, schickt er einen einfach nach Hause!" Kaspar wollte wissen, ob es mir denn auch Spaß machen würde. „Spaß habe ich, seit ich mit dem Studium begann. Das ist nun etwas Neues und ich denke, dass wir uns damit abfinden müssen, dass die Arbeit nicht den Spaß verspricht, den wir hier haben." Ich hob eine Flasche und prostete den anderen freudig zu. „Ich bin zufrieden, wenn ich gearbeitet habe. Das ist ein neues Gefühl. Aber immer in Havixdorf im Rathaus arbeiten, das ist dann doch nicht das, was ich will. Ich habe jetzt einen Job. Im nächsten Jahr mache ich mein Diplom und dann werde ich erst mal Statiker. Ich glaube, das liegt mir besonders gut. Gib mir noch ein Bier!"

Dienstag, 3. September

Wir hatten nicht nur am Aasee Bier getrunken, unsere Kneipentour fand im Piano sein Ende. Somit war die Nacht alkoholgeschwängert an mir vorbeigegangen und der morgendliche Blick in den Spiegel zeigte noch deutlich gerötete Augen. Ich hatte mich aber aus dem Bett schälen können und war fast pünktlich, wenn auch bestimmt nicht völlig nüchtern, im Amt. Es fiel mir immer leichter, „im Amt" zu sagen. Meine Assimilation erfolgte ohne Probleme.

Möhre war wie immer schon da und hatte Kaffee gekocht. „Na, Sie können sicher ein paar Tassen vertragen!", unterstellte sie mir mit mütterlich verständnisvoller Mimik. Dankbar über das semistarke Aufputschmittel ordnete ich einige unwichtige Papiere auf meinem Schreibtisch, als Birne in der Tür erschien.

„Morgen, die Herrschaften! Schulze, Kaffee, Beermann, z m." Mein Verstand arbeitete noch nicht richtig. „Was soll ich?" „Zu mir! Los, komm mit." Der übliche Gang an seinen runden Tisch folgte.

„Setzen! Ich habe das Problem mit den doppelten Seiten gelöst!" „Ach!", fügte ich ein, nur um etwas zu sagen.

„Der Kalkulator von Lamberding war gestern Nachmittag noch hier und hat mir gezeigt, welche Seiten falsch waren. Das Ergebnis des Preisspiegels habe ich nun schon fertiggestellt." „Und?" Er legte den Ausdruck von gestern auf den Tisch. Dieser enthielt eine handschriftlich erweiterte nummerierte Rangliste und auf Platz eins war Lamberding.

Das war nun schon das zweite Angebot, das nach einer Korrektur auf Platz eins gekommen war. Ich wollte den Umstand mit Birne erläutern. Doch kam mir dieser zuvor. „Hier haste ein Pfefferminz, das ist glaub ich gut für dich." Er lächelte mich verstohlen an. „Na, war es noch ein schöner Nachmittag?" Ich meinte, einen Bruder im Geiste erkennen zu können, und erwiderte: „Ja, habe mit meinen Jungs noch einen Zug durch die Stadt gemacht, ist spät geworden." „Ja das muss auch mal sein, dann gib jetzt mal in Ruhe die restlichen Preise von Lamberding ein und dann schreibst du den Auftrag für die Gründungsarbeiten. Schulze hat da einen Vordruck, den musst du nur anpassen." „Wird gemacht, Chef!" Ich war froh, mich an meinen Schreibtisch zurückziehen zu können. Bis zum Mittag hatte ich die Preise eingegeben, es hatte etwas gedauert, da ich immer wieder einige Tippfehler korrigieren musste.

Mittags ging es mir schon etwas besser und ich hatte richtig Hunger. Da es nicht viel Auswahl gab, blieb nur das Grunzende Wildschwein. Kurz vor mir war der Bürgermeister in das Lokal eingetreten. „Hallo, Herr Beermann, heute setzen Sie sich aber direkt zu mir." In der Hoffnung, dass er die Zeche übernahm, antwortete ich: „Gerne, Herr Bürgermeister", und folgte ihm zu seinem Stammplatz. „Na, was möchten Sie trinken, auch einen Roten?" „Ne, mir ist nach einem Bier." „Gut, essen Sie Erbsensuppe?" „Ja, gerne" Er rief laut: „Ingrid, zweimal die Erbsensuppe, ein Bier und wie immer!"

„Nun, erzählen Sie mal, wie geht es so in unserem Bauamt?" „Ich habe die Rohbau-Ausschreibung ausgewertet und schreibe gleich den Auftrag für die Gründungsarbeiten. Von Herrn Gutmann lerne ich viel. Der kann Probleme mit den Firmen gut lösen."

„Gibt es denn Probleme?" „Und ob, da gibt es Firmen, die vergessen, die Preise einzutragen, oder jetzt hatte eine einfach mehrere Seiten doppelt dazugelegt und ich hatte die völlig falschen Preise in die EDV eingegeben."

„Und Gutmann kann die Probleme lösen?" „Ja, und wie schnell das geht! Gestern war mir das mit den doppelten Seiten aufgefallen und heute Morgen hatte er das geklärt."

„Na, dann hat Havixdorf richtig Glück, dass wir einen solchen Amtsleiter haben!" „Das können Sie laut sagen, er ist öfter mal laut, aber daran gewöhnt man sich."

Mein Bier und unser Essen wurden gebracht. Es wurde stiller und er berichtete nun über sein Wochenend-Domizil auf Wangerooge. Später fragte er beiläufig und sehr unverbindlich: „Könnten Sie mir das mal aufschreiben, was Sie eben erzählt haben?" „Ich, ich soll das aufschreiben, macht das nicht Herr Gutmann?" „Ja schon, aber das ist immer sehr formell, Sie schilderten das eben so lebendig, dass ich das gut für meinen Bericht im Gemeinderat verwenden könnte!" „Ja, da helfe ich Ihnen gerne."

Als ich wieder an meinem Schreibtisch saß, begann ich mit meinem Bericht für den Bürgermeister. Birne kam wieder und wollte wissen, was ich gerade machte. „Der Bürgermeister möchte einen Bericht von mir über die letzten Ausschreibungsauswertungen haben."

„Das darf doch nicht wahr sein, dieser Warmduscher mischt sich schon wieder in meine Arbeit ein!", polterte Birne los. „Und du lässt dich von ihm um den Finger wickeln. Hat er dich zum Mittagessen eingeladen? Ist auch egal! Du machst hier nur Arbeiten, die ich anordne. Sonst kannst du morgen zu Hause bleiben! Kapiert!"

Ich zuckte zusammen. Die Androhung, dass ich meinen Job verlieren könnte, veranlasste mich zu dem Eingeständnis: „Ja, verstanden. Was soll ich denn dem Bürgermeister erzählen?" „Das mache ich!", donnerte er mit einschüchterndem Bass. „Und ich will gleich das Auftragsschreiben auf meinem Schreibtisch haben." Mit diesen Worten verließ er, die Tür hinter sich zuschlagend, das Büro. „Was war das denn?", fragte ich mich, die beiden schienen ein Problem miteinander zu haben.

Ich begann also mit dem Aufgetragenen. Nun fiel mir auf, dass die Gründungsarbeiten ja auch von einer Firma Lamberding übernommen worden waren. Gehörten diese auch zu Betonbau Wolfgang Lamberding? Ein Vergleich der Adressen zeigte jedoch keine Übereinstimmung. Die Grundbaufirma hatte ihren Sitz in Münster, die andere in Billerbach.

Mittwoch, 4. September

Da der Mittwoch zu meinem Hochschultag geworden war, ging es auch an diesem Morgen etwas entspannter zu. Ich traf mich mit einigen anderen in der Fachschaft, ohne dass wir konkrete Aufgaben gehabt hätten, die hatten wir selten. Wir tranken also gemütlich unseren Kaffee und rauchten, da Theo nicht dabei war. Die Tür öffnete sich und Ulf erschien im Turrahmen. „Morgen, Adrian, ich brauch da mal einen Rat. Kann ich reinkommen?" „Ja klar, jeder kann hier reinkommen, willst du einen Kaffee?" „Ne, lass mal, kann ich dich auch allein sprechen?" Ich stutzte, was hatte er denn für ein Problem? „Dann gehen wir runter in die Cafeteria!" Meine Kommilitonen bemerkten: „Ne, lasst mal, unsere Vorlesung beginnt gleich. Wir gehen." Ulf stand vor mir in seiner Jeans mit einem Hemd, darüber die Weste aus schwarzem Kunstleder, die durch die Wölbung des noch jungen Bierbauches leicht abstand, die schwere Pilotenbrille war ihm wieder auf die Nase gerutscht, so, als wollte sie sich mit dem Schnäuzer, der seine Oberlippe zierte, vereinen. Insgesamt sah er unzufrieden aus. „Kaffee?" „Ja, gerne!" „Dann nimm dir einen, es dürfte noch eine saubere Tasse da sein." Mit der Tasse in der Hand setzte er sich mir gegenüber auf einen alten Sessel und fingerte aus der Hemdtasche eine Schachtel Marlboro Light heraus. „Auch eine?" „Ne, lass mal. Ich habe meine eigenen", und zeigte auf die Schachtel, die auf dem Tisch lag. „Was hast du denn auf dem Herzen, dass du mich alleine sprechen möchtest?" „Nun, da du ja so wie ich Sauerländer bist und Heimat verbindet, glaub ich, dass du einer der wenigen Vernünftigen hier bist. Schau dir doch mal die ganzen Pappnasen hier an, eben der mit dem roten Türkenhut auf dem Kopf. Das ist doch hier kein Zirkus." „Ulf, du musst dich freimachen von deinen dörflichen Eindrücken. Hier ist es nun mal etwas bunter, und an dieser Stelle: Hast du etwas gegen Türken?" „Nö, aber rote Hüte sind schon sehr albern!" „Nun, das findest du vielleicht. Dem Kaspar gefällt er im Augenblick gut. In zwanzig Jahren wird er den auch nicht mehr tragen. Mach dich einfach etwas locker. Genieße das Leben, hier kann es sehr angenehm sein. Such dir Kommilitonen aus deinem Semester, mit denen du arbeiten kannst. Leg mehr Wert auf die nachmittäglichen Übungen als auf die Vorlesungen am Vormittag, verpasse nicht zu viele Partys und schon sind die drei oder vier Jahre Studium rum und du musst richtig arbeiten. Nun aber raus mit der Sprache! Wie kann ich dir helfen?" „Ich suche eine neue Bude. Ich wohne jetzt in einer Verbindung, das hatte mein Vater eingestielt, jetzt wollen die mich aber loswerden, weil ich an der FH und nicht an der Uni studiere! Elitäre Säcke sind das!" „Da hast du aber Glück! Ich suche gerade noch einen neuen Mitbewohner, aber nur für die nächsten neun Monate, so lange ist mein jetziger Mitbewohner in Asien unterwegs." Ulf, der bislang nicht viel gelächelt hatte, strahlte und reichte mir die Hand. „Abgemacht, wann kann ich einziehen?" „Heute Nachmittag!"

Donnerstag, 5. September

Was lag heute an? Ich rekapitulierte, was schon alles erledigt worden war, und sah auf die Liste mit den Gewerken, die mir Birne gegeben hatte. An diesem Tag lag die Submission der Zimmerarbeiten an, jedoch erst um elf Uhr, da hatte ich in aller Ruhe den Vormittag genießen können. Dies änderte sich schlagartig, als Birne in der Tür erschien. „So, Beermann, jetzt geht es los!" „Bitte?" Für 9:30 Uhr habe ich die erste Baubesprechung angesetzt. Die Pfähle müssen ja in die Erde. Schnapp dir einen Block und Stift, du schreibst das Protokoll. Schon mal gemacht?" Mir entfleuchte: „Ja, schon." „Was? Du musst lauter sprechen!"

Ich trottete später hinter ihm her in den Submissionsraum, der nun Besprechungsraum war. Birne breitete Pläne auf dem Tisch aus und sah auf die Uhr. „Mann, wann kommt der denn?" „Wer kommt denn?" „Der Bauleiter der Grundbaufirma!" Auf dem Flur waren Schritte zu hören, die Kreppsohlen quietschten vernehmlich auf dem Bodenbelag des Flurs. Im Türrahmen erschien ein Mann, nicht jung, nicht alt, in Jeans und Poloshirt.

„Guten Morgen, die Herren. Ich nehme an, Sie sind Herr Gutmann!" „Ja, wer soll das denn sonst sein? Ich bin doch nicht zu übersehen!" Das dröhnende Gelächter des Amtsleiters füllte den Raum nach dessen geistreicher Bemerkung aus.

„Setzen Sie sich! Ach, das ist mein Mitarbeiter Beermann. Er geht mir hin und wieder zur Hand. Heute protokolliert er unsere erste Baubesprechung. Die ist jedoch nur diesmal hier im Besprechungsraum. Ich will, dass am Montag die Baustelleneinrichtung und die Container hier aufgestellt werden."

Er hieb mit der Hand auf eine Stelle auf dem Lageplan. „O.k., Herr Gutmann, betrachten Sie das als erledigt."

„Entschuldigung, die Herren!", meldete ich mich vorsichtig zu Wort. „Nur so fürs Protokoll, wer sind Sie eigentlich?"

„Michael Langhans, ich bin der erste Bauleiter von Betonbau Wolfgang Lamberding."

Nun verstand ich hier etwas nicht, somit richtete ich meine

Frage an das allwissende Obst: „Herr Gutmann, wir haben Betonbau Wolfgang Lamberding doch noch gar keinen Auftrag erteilt?"

Der Erste mischte sich ein: „Bei Grundbau Lamberding ist im Augenblick ein personeller Engpass, da bin ich eingesprungen."

„Gehören die Firmen denn zusammen?" „Beermann, frag nicht so viel, du sollst protokollieren!", donnerte Birne.

Der Erste ergänzte: „Die suchen da noch Leute, wenn Sie Interesse haben?" „Auch Sie, quatschen Sie nicht so viel!", beendete Birne den Abwerbeversuch. „Nun zu den wichtigen Dingen unserer Schule. Im nächsten Sommer sollen dort die Gesamtschüler einziehen!"

Die kurze Besprechung hatte kaum Inhalte, der Platz für die Baustellencontainer wurde festgelegt. Ansonsten wurde lediglich abgestimmt, welche Pläne vorliegen würden und ob der Erste diese auch vorliegen habe. Nun mussten wir ja auch später zur Submission, somit war es gut, dass sich Birne und der Erste nicht so viel zu sagen hatten. Jedoch hatte mich Birne, als sich das Ende der Besprechung abzeichnete, schon vorgeschickt, um die Angebote für die Submission zu holen, sodass ich nicht mehr alles mitbekam.

Die Submission war unspektakulär, Birne hatte eine neue Stanze besorgt. „Habe ich von dem Kollegen in Vool ausgeliehen, die haben im Augenblick keine geförderten Maßnahmen, bei denen so ein Brimborium gemacht werden muss!" Zudem waren nur fünf Angebote abgegeben worden, damit war das Ganze schnell erledigt. Es waren auch nur zwei Firmenvertreter anwesend. Der günstigste Bieter war die Firma Zimmerei Dornhege aus Lathen an der Ems. Das Ergebnis wurde von einem der Anwesenden mit der Bemerkung „Diese verdammten Emsköppe!" quittiert. Danach folgte, zu meiner Freude, eine Firma aus dem Sauerland, Zimmerei Birkhölzer. Dann mit einem deutlichen Preisabstand

Ingenieurholzbau WoLa aus Vool. Die beiden letzten lagen nochmals deutlich davon entfernt, sodass ich annahm, dass die Firma aus Lathen den Zuschlag erhalten würde. Nachdem die Bieter den Raum verlassen hatten, packte ich die Angebote zusammen und wollte sie mitnehmen.

„Warten Sie, Beermann! Ich habe gleich etwas Zeit und kann da schon mal überprüfen, ob die Angebote auch formell richtig sind." Nun war ich doch überrascht, ließ sich mein Amtsleiter doch noch für solche trivialen Arbeiten gewinnen.

Ich hatte damit keine konkrete Aufgabe und verschwand in der Kaffeebude des Rathauses. Dort saßen noch die letzten Bediensteten, die die Kaffeepause in die Mittagspause hatten übergehen lassen. Ich trank damit einen Kaffee, der jedoch den bitteren Geschmack eines zu lange warm gehaltenen Kaffees angenommen hatte, als der Bürgermeister höchstpersönlich den Kopf durch die Tür steckte. „Guten Morgen, die Herren, Frauen sind ja wohl nicht anwesend? Oder!" Hinter einer Zeitung versteckt, meldete sich eine verstellte hohe Stimme: „Nein, nein, keine Frauen!" Der Bürgermeister zeigte ein breites Grinsen und sah mich an. „Herr Beermann, schön, Sie hier zu sehen. Bitte kommen Sie mal kurz mit mir mit." In seinem Bürgermeisterbüro im obersten Geschoss des Rathauses angekommen, bat er mich, an dem runden Besprechungstisch Platz zu nehmen. Der Tisch hatte fünf Stühle.

„Ich hatte Sie ja kürzlich gebeten, dass Sie mir Bericht über die Vergaben erstatten sollten." „Ja, das hat aber Ärger mit Herrn Gutmann gegeben."

„Und er war auch schon bei mir. Er macht ja aus seinem Herzen keine Mördergrube. Wir haben nun beschlossen, dass er seine eigenen Berichte etwas informeller abfasst, dann kann ich die auch gebrauchen."

„Ja, mir soll es recht sein. Berichte schreiben mache ich ohnehin nicht so gerne. Ich bin ja kein Schriftsteller."

„Ach, daran werden Sie sich noch gewöhnen. Ich wollte früher auch immer nur Zeichnungen anfertigen und nun bin ich der Bürgermeister von Havixdorf." Er blickte mich versonnen an. „Und damit habe ich meinen Traumjob gefunden, den ich auch noch einige Jahre machen werde!" Er sah mich mit entschlossenem Blick an.

Nach diesem Intermezzo mit dem Bürgermeister fand ich mich wieder an meinem Schreibtisch ein. Die Tür zu Birnes Büro stand offen, was sonst nicht der Fall war. Damit ertönte auch der direkte Ruf aus seinem Büro: „Beermann, herkommen, wir haben ein Problem!" Ich konnte mich nicht erinnern, dass ich ein Problem hatte, abgesehen von der Anzeige jetzt neulich, also warum wir?

„Ich habe die Angebote auf formelle Richtigkeit geprüft und so eine Scheiße, den Emskopp und den Sauerländer muss ich ausschließen, die haben die Vergabeunterlagen verändert. Sie wissen ja, dass das nicht statthaft ist!" Er sah mich fragend an.

„Ja klar weiß ich das. Wurde etwas ergänzt oder etwas gestrichen?"

„Beide haben etwas gestrichen! Bei der Position mit den Balkenschuhen haben die das ‚Liefern' von ‚Liefern und Montieren' gestrichen! Die wollten anscheinend nur montieren. Sollte ich mir die Dinger aus den Rippen schneiden? Jetzt wird vermutlich der Drittgünstigste den Zuschlag erhalten. Hier, rechnen Sie die drei letzten Angebote durch, ich will heute Nachmittag ein Ergebnis auf dem Schreibtisch liegen haben! Wenn das so weitergeht, wird es mit den Kosten eng."

„Darf ich mal sehen?" „Hier!" Er schleuderte die Angebote zu mir rum, die betreffende Seite war bei einem Angebot aufgeschlagen. Tatsächlich, das Wort „Liefern" war mit einem schwarzen Filzstift durchgestrichen. Warum hatte der Unternehmer denn wohl den Stift gewechselt, die Preise waren mit Kugelschreiber eingetragen. Ich sah mir das andere Angebot an. Da war es für die Preise und die Textstreichung jeweils ein Kugelschreiber. Ich hatte jedoch den Eindruck, dass der eine Kugelschreiber ein etwas anderes Blau hatte. Doch führte ich dies auf das etwas schummerige Licht zurück, das in Birnes Büro herrschte, er hatte die Vorhänge noch nicht gänzlich geöffnet.

„Soll ich diese beiden Angebote mit zu den anderen mitnehmen?" „Ne, lass mal, ich rufe da gleich an und erkläre denen erst mal, wie Ausschreibung geht!"

Die Preise der drei verbleibenden Angebote waren schnell eingegeben. Damit lag der Preisspiegel nachmittags auf seinem Schreibtisch. Der preisgünstigste und damit anscheinend auch wirtschaftlichste Bieter war die Firma Ingenieurholzbau WoLa GmbH & Co. KG aus Vool. Ein Unternehmen aus der Region.

Wir gingen die Preise durch und Birnes Mimik war entspannt, jedoch äußerte er: „So was Blödes, da verlieren wir circa 7.500 DM, nur weil der Emskopp unbedingt in den Unterlagen rumschmieren musste. Aber es ist nicht zu ändern. Die Vergaberegeln sind da nun mal sehr streng! Da sind uns die Hände gebunden."

Freitag, 6. September

An diesem Tag war das Sommerfest der Gemeindeverwaltung. Möhre hatte schon die ganze Woche davon geredet, wie schön das immer sei. Es gäbe eine Tombola, viel zu essen und zu trinken. Zudem würde eine Band spielen. Ich war also gespannt und verrichtete die Dinge, die mir Birne gestern noch aufgetragen hatte. Dazu zählte auch das Versenden von Plänen. Zudem musste der Auftrag für die Rohbauarbeiten geschrieben werden, damit Birne und der Bürgermeister diesen unterschreiben konnten. Eine Vielzahl von Kleinigkeiten. Als ich so am Kopierer der Gemeindeverwaltung im Erdgeschoss stand, fiel mir auf, dass ich völlig alleine hier unten war. Die sonst übliche relativ rege Betriebsamkeit hatte nachgelassen. Der wohlbeleibte Empfangschef des Rathauses war nicht an seinem Platz und auch sonst war es sehr ruhig. Nun sollte mir das eigentlich egal sein. In meiner Amtsstube fand ich Birne vor, er suchte anscheinend etwas.

„Was ist eigentlich hier im Rathaus los? Es ist ja kein Mensch mehr zu sehen. Gerade so, als wären wir alleine hier."

„Die Eingeborenen sind zur Einübung eines speziellen Tanzes, der heute Abend aufgeführt wird, im Ratssaal. Gehen Sie hoch, die, die nicht mittanzen, sehen zu."

„Ne, da lass ich mir das für heute Abend als Überraschung." So verging der Arbeitstag noch ruhiger als an den üblichen Tagen. Nach dem Mittagessen suchte ich das Archiv im Keller auf und nutzte die Gunst der Stunde, um auf einem der ausrangierten Sessel, der in eine der hinteren Ecken geschoben worden war, ein kurzes Nickerchen zu machen. Dann würde ich heute Abend auch besser durchhalten. In meiner rechten Hand hielt ich ein Blatt Papier. Ich hatte gehört, dass man aufwachen würde, wenn einem das Papier nach kurzer Zeit aus der Hand fiel. Als ich aufwachte und auf die Uhr sah, war weit über eine Stunde vergangen. Das mit dem Papier hatte wohl nicht funktioniert. Ich musste mich strecken und recken, der Sessel war nicht sehr bequem gewesen. Plötzlich wurde klar, was mich aufgeweckt hatte. Zwei Männer, die Bässe der Stimmen waren deutlich, unterhielten sich leise, jedoch aggressiv. Ich erkannte Birnes Stimme auf Anhieb.

„So, du hast mich ja jetzt dort, wo du mich immer haben wolltest. Ich werde mich nicht mehr für die Bürgermeisterkandidatur aufstellen lassen, aber dafür hältst du dich aus allem raus, was in meinem Amt vor sich geht! Du weißt ja, nicht nur ich habe Geheimnisse!" „Du bist und bleibst ein korruptes fettes Schwein!" Meine Güte, ich versank in meinem Sessel, die beiden hatten sich nicht gerne! „Na, besser als ein versoffener, abgehalfterter, träumender und gehörnter Architekt!" „Ruhig, da kommt jemand!" „Ach, Herr Bürgermeister, ich habe Sie schon gesucht! Ihr Besuch ist da!" „Ich komme sofort! So, bis heute Abend, Siegfried, ich freue mich auf den Tanz, den Kuss kannst du aber weglassen!"

Nach diesem belauschten Gespräch war ich wach. Welche Leichen hatten die beiden denn im Keller? Ich wartete noch eine Zeit und kehrte dann zum Büro zurück. Dort war kein Mensch. Der Schreibtisch war recht aufgeräumt. Um die Zeit totzuschlagen, ordnete ich die Unterlagen neu, in der Hoffnung, so eine Optimierung in meinem Büroalltag zu erreichen.

Möhre öffnete mit leuchtenden Augen und geröteten Wangen die Tür. „Ach, Sie sind ja noch hier! Fahren Sie doch auch nach Hause! Das machen alle so, wir ziehen uns um und kommen dann um neunzehn Uhr in die Dorfhalle und dann geht es los." Das ließ ich mir nicht zweimal sagen. Mein Selbstzünder beförderte mich unverzüglich zurück nach Münster.

Die Zeit in Münster nutzte ich, um mit meinem neuen Mitbewohner einen gemütlichen Nachmittag unter Darbietung allerlei Rauchopfer zu verbringen. Mein neuer Mitbewohner hatte, so musste ich feststellen, einen größeren Sinn für häusliche Pflichten und hatte die Wohnung geputzt. Die Kaffeemaschine lag noch, damit der Schmutz sich lösen konnte, im Spülbecken. Ich hoffte, dass sie später noch funktionierte. Ich erzählte ihm, was bei mir noch anlag, und er bot mir an: „Ruf mich an, dann hole ich dich heute Nacht dort ab." Ich zog mich auch noch um und wählte ein weißes Hemd mit grauer Hose und grauem Sakko. Auf die Krawatte verzichtete ich, die hing ja noch am Kofferraumdeckel. Meine Brust war noch gebräunt, sodass ich einige Knöpfe auflassen konnte.

Ich war nicht ganz pünktlich in der Dorfhalle. So kam ich als einer der Letzten. Vor der Halle lungerten einige halbwüchsige

Jungs, wir schenkten uns gegenseitig keine Beachtung. Ich trat in die Halle ein und ein dominierendes Farbenmeer aus Blau und Rot empfing mich. Nicht nur, dass die Halle so geschmückt war, nein, auch die Mitarbeiterinnen und Mitarbeiter der Gemeindeverwaltung waren in Rot und Blau gekleidet. Die Frauen trugen rote Blusen und blaue lange Röcke. Die Männer blaue Kittel und schwarze Hosen. Einige der Umstehenden blickten zu mir hinüber. Ich sah deren Blicke und wurde gemustert. Hatte ich schon die Musterung bei der Bundeswehr nicht bestanden, so fiel ich auch hier durch. Eins war mir jedoch sicher, ich hob mich von der Masse ab. Und so schob ich mich erst einmal als grauer Punkt durch das Farbenmeer zu der Theke. Hinter dieser stand das Fräulein aus dem Grunzenden Wildschwein. „Hallo, Herr Beermann, ein Bier?" „Ja gerne." Das Bier kam und die Dorfschönheit sah nun auch an mir herunter. „Na, dass Sie neu hier sind, sieht man wohl." „Nun, ich hebe mich halt gerne von der Masse ab." „Ja, das mache ich auch gerne." Sie trat einen Schritt zurück und ich konnte einen Blick auf den blauen Rock werfen, dieser war jedoch wesentlich kürzer als der der übrigen Damen. Ein Hieb auf meine Schulter ließ mich zusammenfahren, mein Blick löste sich abrupt von der jungen Frau und ich sah in Bastis grinsendes Gesicht. „Mensch, Adrian, hat dir keiner gesagt, dass heute Abend alle Dienstkleidung anhaben?"

Den Einwand ignorierend, interessierte mich viel mehr, was das sollte. „Warum seid ihr so angezogen?"

„Nun, gleich werden noch einige Tänze aufgeführt, dazu gehört auch unser GVT und da tanzen alle mit, die sich richtig angezogen haben."

Sein Blick wanderte zwischen der Dorfschönheit und mir hin und her. „Was ist ein GVT?" „Ach, du Frischling, dir muss ich aber auch alles erklären." Er knuffte mich in die Seite.

„GVT steht für Gemeindeverwaltungstanz."

„Da bin ich ja froh, dass ich heute Abend die graue Maus bin."

„Mach dir nichts daraus. Es gibt noch einige wenige andere, die was anderes angezogen haben. Siehst du dort drüben, der Heinrich, er hat einen Taucheranzug an. Er muss hier eine verlorene Wette einlösen und einen Ententanz mit Schwimmflossen und Taucheranzug absolvieren."

Der Ärmste, der diese Peinlichkeit noch vor sich hatte, schien sich seiner Situation nicht bewusst zu sein. Der hochelastische Taucheranzug spannte sich über einen beachtlichen Bierbauch. Seine kahle Kopfhaut, die sich an sein längliches, schwarz behaartes Gesicht anschloss, war durch eine beachtliche Narbe in Längsachse des Schädels, die rot leuchtete, gezeichnet. Durch den Taucheranzug war der Fokus des Betrachters auf den Kopf gelenkt. Ich musste mich schütteln, als mir meine Assoziation bewusst wurde. Bastie flüsterte mir ins Ohr: „Sieht der nicht wie ein Penis aus?" Wenn der Abend mit ähnlichen skurrilen Bildern weitergehen würde, konnte es noch witzig werden. Nun spielte die auf der Bühne sitzende Kapelle einen Tusch. Der Bürgermeister trat auf die Bühne und begrüßte die Anwesenden mit einer ausschweifenden Rede. Interessant war die Ankündigung eines Tanzes mit „unserem Siegfried".

„Wer ist denn der Siegfried?" „Gutmann!"

„Und die beiden tanzen miteinander?" „Ja, Gutmann ist seit Jahrzehnten, schon vor seiner Zeit hier bei uns, im Rheinland in einer kleineren Stadt im Karneval immer die Jungfrau und als er vor Jahren hierherkam und dies bekannt wurde, hat er im Suff getönt, dass der Erste, der mit ihm tanzen wird, einen Kuss bekommen würde. Und da meldete sich eben unser damaliger Bürgermeister. Der jetzige setzte den Spaß fort. Die beiden sind, glaub ich, gute Kumpels."

Der Abend schwelgte in Bildern, die mich teilweise peinlich berührten oder erst gar nicht erreichten. Was mich erreichte, war das Bier, das auf Kosten der Gemeindeverwaltung ausgeschenkt wurde. Dieser Bierkonsum führte dazu, dass meine Glieder schwerer und schwerer wurden, die Zunge wollte nicht mehr die Gedanken artikulieren, die mein benebelter Geist entwickelte. Ich hatte den Rat meines Vaters, dass man Bier vor dem Essen trinken müsse, da man nach dem Essen zu satt sei, zu wörtlich genommen und auf das Essen gänzlich verzichtet. So zog ich mich bereits gegen zwölf auf den Rücksitz meines Benz zurück, schlug eine Decke über mich und versank in einen traumlosen Schlaf.

Neue Erfahrungen

Samstag, 7. September

Das Bier, das zuerst meinem Geiste und dann meiner Blase zusetzte, ließ mich wach werden. Meine Zunge hatte die Ausmaße eines Waschlappens angenommen und Kopf und Rücken schmerzten. Draußen war es noch dunkel, der Mond leuchtete aber so, dass ich ausreichend sehen konnte und meine Augen dadurch nicht durch eine Lichtflut gestresst wurden. Ich zog an dem Griff der Tür und drückte dagegen, die Angeln quietschten, das Geräusch vermischte sich mit dem lauten, frivolen Gezwitscher einiger Vögel. Der Geruch einer sich dem Ende zuneigenden Nacht breitete sich in meinem Bewusstsein aus. Ich rutschte aus dem Wagen, richtete mich auf und hielt mich am Dachrand fest. Die nächtliche Kühle erinnerte mich daran, mein Jackett anzuziehen. Umblickend entschied ich mich für den Baum am Rand des Parkplatzes. Kein Mensch war zu sehen, ich war allein. Eine große Erleichterung durchströmte mich, als ich breitbeinig vor dem Baum stand.

Ein Geräusch, das sich nach einer weiblichen Stimme anhörte, erreichte meine Ohren. Ich lauschte und hörte: „Warte, ich helfe dir auf." Da hatte eine Frau ein Problem, ich musste helfen und ging in die Richtung, aus der das Geräusch kam. Den mit Kopfsteinpflaster gestalteten Platz überquerend, bewegte ich mich unter einigen Bäumen her. Das üppige Blätterkleid dämpfte den schwachen Lichtschein des Mondes deutlich. Die wieder zu vernehmende Stimme der Dame führte mich zu dem Gewölbedurchgang eines der historischen Gebäude des Dorfes.

Ich sah kaum etwas, somit rief ich: „Hallo, ist da jemand?" „Herr Beermann, sind Sie es?" Meine Stimme war erkannt worden! „Ja, ich bin es, kann ich helfen?" „Ja, ich habe den Bürgermeister hier bei mir, er ist sturzbetrunken!" Nun erkannte ich die

Stimme, es war die der Dorfschönheit.

Ich sah das Duo nun im schwachen Lichtschein einer Straßenlaterne, die sich auf der anderen Seite des Durchgangs befand. Der Bürgermeister lehnte kniend an einem Mauervorsprung und drehte mir den Kopf zu. Vielleicht durch meinen Anblick angespornt, richtete er sich auf. Schwankend stand er vor mir, hielt sich mit einer Hand weiterhin fest und begann zu würgen. Ich sprang zur Seite und schon ergoss sich ein riesiger Schwall Kotze auf das Kopfsteinpflaster.

Er stöhnte: „Mir ist schlecht!" Das war unverkennbar. Ich sah die junge Frau an.

„Ich möchte den romantischen Augenblick nutzen, um mich vorzustellen. Beermann, Adrian Beermann, du kannst aber Adrian sagen!"

„Ich weiß doch, wie du heißt. Ich bin Ingrid."

„So, Ingrid, was machen wir denn jetzt mit dem Bürgermeister?" „Der muss nach Hause, aber das ist noch etwas weiter, das schafft er nicht. Kannst du ihn fahren? Ich bin froh, dass ich mich wieder unterhalten und laufen kann. Mein Auto rühre ich noch nicht an."

„Der Bürgermeister muss aber hier verschwinden. Wenn der noch hier liegt und die Ersten gehen früh morgens hierher zum Wochenmarkt, dann zerreißt sich die ganze Gemeinde das Maul."

„Nun, er könnte ja in meinem Auto ein Nickerchen machen!"

„Das ist eine gute Idee, er kotzt bestimmt nicht mehr, das hat er schon mehrfach gemacht, sein Magen müsste leer sein."

Damit beförderten wir den Betrunkenen auf den Beifahrersitz. Er stöhnte nochmals auf, ließ den Kopf auf die Brust sinken und war sofort eingeschlafen.

„Was machst du denn jetzt, Ingrid?"

„Ich gehe nach Hause und lege mich auch noch etwas hin.

Mein Mann geht gleich zur Frühschicht und ohne mich wäre mein Sohn alleine. Bringst du ihn gleich nach Hause?" „Ja, mache ich, ich weiß, wo er wohnt. Basti hat es mir gezeigt." „Gut, dann mal gute Nacht!"

Das hätte ich nicht gedacht, dass sie verheiratet war und einen Sohn hatte. Dann war sie doch nicht mehr so jung, wie sie sich immer gab. Doch war das nicht mein Thema.

Ich sah ihr nach und wollte in mein Auto zurück, um den unterbrochenen Schlaf fortzusetzen, da rollte ein Fahrzeug auf den leeren Parkplatz. Da der Bürgermeister ja nicht gesehen werden sollte, schloss ich schnell die Beifahrertür, die Innenbeleuchtung hatte zum Glück nicht gebrannt, da sie defekt war. Somit waren wir bestimmt nicht aufgefallen. Ich entferne mich ein paar Schritte von meinem Auto weg hinter den Baum, an dem ich vorhin schon gestanden hatte. Der Wagenschlag des fremden Fahrzeugs wurde geöffnet, eine Person stieg aus und streckte sich. Die Wolken machten Platz für eine Lücke und der Parkplatz wurde vom Mondlicht besser ausgeleuchtet. Es war Gandalf, der dort stand, seine grauen Haare und der graue Anzug waren unverkennbar. Auf der anderen Autoseite richtete sich eine weitere Person auf, deren Silhouette birnenförmig war. Es war Birne! Die beiden sprachen leise und reichten sich die Hand. Birne drehte sich um und ging. Gandalf öffnete die Tür und richtete sich danach rufend zu Birne auf.

„Sigi, du hast deinen Umschlag vergessen. Das geht aber nicht, du sollst doch deine Belohnung haben!"

„Schrei hier nicht so rum, Wolfi, müssen ja nicht alle mitkriegen."

„Ach ist doch alles o.k. hier. Nur die alte Klapperkiste dahinten."

Er zeigte auf meinen Benz. Meine Muskeln anspannend, bereitete ich mich mental auf meinen Auftritt vor. Der Gedanke an den schutzbefohlenen schlafenden Bürgermeister hinderte mich jedoch daran, mein geliebtes Studentenmobil zu verteidigen. Ich verbarg mich nun noch etwas mehr hinter dem Baum. Mein graues Outfit ließ mich an dem nachtgrauen Stamm zu einem Chamäleon werden. Die beiden erahnten mich noch nicht einmal. Birne gab Gandalf nochmals die Hand.

„Wäre schon schade gewesen, wenn das hier ...", er hielt einen Umschlag hoch, „... verloren gegangen wäre. So, nun bin ich aber weg!" Er drehte sich um und stieg ein. Die Wagentür fiel ins Schloss und Gandalf fuhr schnell vom Parkplatz.

Mich interessierte nur noch, was das für eine Belohnung war. An Schlaf war ohnehin nicht mehr zu denken. Ich nahm die Verfolgung von Birne auf. Der bewegte sich auf den historischen Durchgang zu. Er war nicht mehr sehr sicher auf den Beinen. An der Ecke, an der der Bürgermeister sich übergeben hatte, machte Birne einen unsicheren Schritt und stolperte. Der massige Körper des Bauamtsleiters konnte sein Gleichgewicht nicht mehr halten und fiel zu Boden.

Ich wollte schon helfend losspurten, als ich seine Schimpftriaden vernahm: „Was ist das denn für eine Riesensauerei! Das ist ja Kotze, so eine Scheiße!"

Den Rest verstand ich nicht mehr richtig, da er leiser sprach. Er richtete sich langsam auf und hielt sich mit einer Hand an der Hauswand fest. Die andere schlug er in der Luft, so, als wolle er etwas wegschleudern. Aus der Jackentasche zog er den Umschlag, sah diesen an, verstaute ihn wieder und setzte seinen Weg fort. Ich hinterher. An der Ecke angekommen, machte ich einen größeren Bogen um die verdreckte Stelle. Birne schritt nun zügig voran. Langsamer hinter ihm herschlendernd – in Filmen hatte ich ja gesehen, wie beschattet wird –, sah ich ihn in eine andere Straße abbiegen. Nun war ich schnell an der Ecke und sah hinter ihm her. Er stand vor der örtlichen Sparkasse und schrieb etwas auf einen Umschlag, vermutlich den, den er eben erhalten hatte. Durch die Straßenlaterne, vor der Sparkasse, konnte ich alles gut beobachten. Birne warf den Umschlag in einen Briefschlitz der Bank ein und entfernte sich zügig. Ich überlegte, ob ich hinter ihm hereilen sollte. Doch wo sollte er nun hin, vermutlich nach Hause. Ich wusste, wo er wohnte, Basti hatte es mir gezeigt, als wir an einem Nachmittag mit dem Unimog der Gemeinde alle wichtigen Orte abgefahren waren. Also konnte ich nun zurück zu dem hoffentlich selig schlafenden Bürgermeister.

Er schlief tatsächlich selig, sein Kopf ruhte an der Seitenscheibe. Ich öffnete mein Auto und ein unangenehmer Geruch schlug mir entgegen. Doch es nützte nichts, ich musste da hinein, auch wenn ich nicht mehr schlafen konnte. Es wurde langsam hell und draußen rumstehen wollte ich auch nicht. Sitzend darauf zu warten, dass ich wieder fahren durfte, war schon bequemer. So saß ich in meinem Auto, rauchte gegen den Gestank, den der Bürgermeister verströmte, eine Zigarette und überlegte, was ich eben beobachtet hatte. Gandalf und Birne kannten sich, gut sogar. Bei dem Gedanken an „Sigi" und „Wolfi" musste ich schmunzeln. Birne hatte eine Belohnung erhalten, die er bei der Kasse deponiert hatte. Wofür? Mir fiel nichts ein, was vielleicht an dem penetranten Gestank in meinem Auto lag. Der war nicht erträglich. Ich warf meinen Vorsatz über Bord und startete den Motor. Der kleine Diesel unterbrach überraschend spontan laut nagelnd die friedliche Stille des Dorfes. Ich fuhr, vorsichtig um mich schauend, damit mich keine Indianer anhielten und sich nach meiner Fahrtüchtigkeit erkundigten, zu dem Haus des Bürgermeisters. Das leichte Rütteln an des Bürgermeisters Schulter quittierte dieser mit einem lallenden „Was ist, lass mich schlafen!". Ein langer Speichelfaden hing dabei zwischen Mundwinkel und Jackett. „Sie sind zu Hause, Herr Bürgermeister." Nichts, er rührte sich nicht. Ich stieg aus, blickte zu dem Haus, dessen Fenster vom Sandstein der Region umrandet waren, und zog ihn aus dem Auto. Dabei fasste ich unter seinen rechten Arm und zog ihn auf die Beine. Er stöhnte. „Warten Sie, ich bringe Sie zur Tür. Soll ich klingeln?" Er schüttelte mit dem Kopf und fingerte Schlüssel aus der Hosentasche, die ihm sofort aus der Hand fielen. Ich schloss die Tür auf und half ihm die drei Stufen der Sandsteintreppe hoch, ließ ihn eintreten und schloss die Tür. Meine Aufgabe war erledigt. Als ich die Treppe herunterging, hörte ich ein dumpfes Geräusch. Er war wohl doch noch zu Boden gegangen. Ein Gedanke schoss mir durch den Kopf: „Hoffentlich ist er nicht tot umgefallen!"

Montag, 9. September

Das Wochenende war ruhig verlaufen, lediglich die Aufforderung wegen der Sache, mit dem Dope am übernächsten Mittwoch zur Polizei zu gehen, hatte mich etwas erzürnt, obwohl die Vorladung zu erwarten gewesen war.

Birne stürmte mit freudigem Gesicht das Büro. „Alles klar, Chef?", fragte Möhre mit irritiertem Gesichtsausdruck.

„Und ob, habe am Samstag im Spielcasino in Bad Oeynhausen ein paar Mark extra gewonnen. Hier, das ist für unsere Kaffeekasse." Er legte einhundert Mark zu Möhre auf den Schreibtisch. Der Mann hatte Glück, erst bekam er eine Belohnung, für was auch immer, und dann gewann er noch Geld im Spielcasino. Oder gehörte die Belohnung zu dem Gewinn?

„Wann waren Sie denn da? Also ich hätte am Samstag nicht in ein Spielcasino gekonnt, der Freitagabend war doch sehr anstrengend gewesen."

„Ja, junger Mann, das ist einer der Unterschiede zwischen uns. Ich lasse mich nicht an der Theke volllaufen und sehe dabei kleinen Mädchen die ganze Zeit auf die Beine und weiß Gott noch wohin. Ich bin noch mit einem Freund um zwölf nach Bad Oeynhausen gefahren. Nachts ist da nicht so viel los. Comprende!"

Dann stand die Belohnung doch im Zusammenhang mit dem Gewinn. Das erklärte natürlich einiges. Aber dass „Wolfi" sein Freund war, wunderte mich schon etwas, das war neulich bei der Submission nicht zu erkennen gewesen.

„So, Beermann, Schluss mit der Märchenstunde, mitkommen! Lagebesprechung." In nun schon bekannter Manier saßen wir zusammen und gingen die wichtigen Dinge des Tages durch, was ich alles zu machen hätte.

Als wir fertig waren, kam mir eine Idee: „Ich habe da mal eine Frage, ein Kumpel von mir fährt hier in der Ecke Taxi und der hat nachts oft Bargeld dabei und würde das gerne bei einer Bank mit Nachttresor einwerfen. Gibt es so etwas hier in Havixdorf?" „Mann, Beermann, du bist aber ein Glückspilz, ich muss gleich zu meiner Bank und die haben so ein Ding, ich habe da meinen Gewinn am Samstagmorgen reingeworfen. Der muss nun noch auf mein Konto. Wir gehen da gleich mal hin, dann kannst du dich erkundigen."

In der Bank wurde Birne mit Handschlag begrüßt. „Hallo, Herr Gutmann, was können wir für Sie tun?" „Ich habe mal wieder was in den Nachttresor geworfen. Das muss auf mein Spezial-konto umgebucht werden." Er lachte verschwörerisch. „Und der junge Mann hier benötigt auch einen Nachttresor, da habe ich ihn gleich mitgenommen." „Wenn Sie sich bitte an meinen Kollegen wenden würden!", wurde ich aufgefordert. Ich erhielt einige Infos, wie das Geld im Nachttresor nach dem Einwurf weiter-bearbeitet wurde und dass dafür eine Kontoeröffnung notwendig war. Die Details, die mir die jugendliche Frau – „Ranze" las ich geistetsabwesend auf ihrem Namensschild – vermittelte, erreich-ten mich nicht, da ich während der ganzen Zeit meinen Hörsinn auf das Gespräch Birnes mit seinem Banker ausrichtete. Doch mehr als „Wie immer" bekam ich nicht mit. So kehrte ich nicht viel klüger über die Belohnung zurück ins Amt.

Im Amt wurden wir von Möhre aufgeregt empfangen. „Der Bürgermeister ist verschwunden. Niemand hat ihn gesehen."

„Vielleicht hat er Urlaub", gab ich zu bedenken.

„Nein, das kann nicht sein, dann weiß die Mechthild immer Bescheid."

„Dann ist er krank!"

„Das kann auch nicht sein. Er ist seit neun Jahren im Amt und war noch nie verschwunden."

„Ja dann muss mal einer zu ihm nach Hause fahren. Hat er keinen Vertreter, der das machen könnte?" Ihr Kopf ruckte zu Birnes Büro.

„Ja, aber das ist Herr Gutmann und der würde nie zum Bürgermeister nach Hause fahren."

„Warum nicht?"

„Deren Verhältnis ist seit einigen Jahren etwas unterkühlt"

„Ja, dann müssen wir abwarten, bis er kommt."

Birnes Tür öffnete sich. „Schulze, Mecki rief mich eben an. Der BM ist verschollen und heute Mittag kommt die Delegation aus Sachsen und mit den Ossis will ich nichts zu tun haben. Fahr mal zum BM und schau nach."

„Aber Chef, ich muss doch noch bis heute Mittag die Abrechnung fertigmachen."

„Nun, Beermann, gut, dass wir Sie haben, nun haben Sie eine weitere Aufgabe. Suchen Sie unseren Bürgermeister." Den letzten Satz spuckte er aus, wie ein Hundebesitzer zu seinem Hund sagt: „Such das Stöckchen!"

„Schulze, erklären Sie ihm, wie er zu ihm findet." Ich hielt meinen Mund, sollte sie mir das ruhig erklären.

Vor dem Haus des Bürgermeisters angekommen, fiel mir nun erst richtig auf, dass das Gebäude recht einsam lag. Rechts und links grenzten stacheldrahtbefriedete Weiden an. Auf der einen

Seite grasten schwarzbraune Kühe. Ich parkte mein Auto dort, wo es auch am Samstagmorgen gestanden hatte, und spurtete die sandsteinerne Treppe hoch. Mein mehrmaliges Klingeln blieb unbeantwortet. Ich bewegte mich an der Vorderfront des Hauses entlang und konnte dabei mit einem Blick durch die Fenster keinen Bürgermeister entdecken. Da ich nun jedoch neugierig geworden war, wie es hinter dem Haus aussah, ging ich auf dem mähenswerten Rasen zur Rückseite. Dort befand sich wie meist bei solchen Häusern die Terrasse. Hinter dieser Terrasse vereinte sich die Kuhweide zu einer einzigen großen Fläche. Die großen bodentiefen, türbreiten Fenster ermöglichten einen ungehinderten Blick in die gute Stube des Bürgermeisters. Meine Hand an die Glasscheibe legend, erhoffte ich mir einen spiegelfreien optimierten Blick. Als ich meine Stirn gegen die Handkante drückte, öffnete sich das Fenster. Nun blieb mir keine Wahl mehr. Ich trat ein. Der Raum wurde durch die Lichtintensität der Morgensonne und die Decke aus Kiefernholz, die braunen Ledersofas und den terrakottafarbenen keramischen Bodenbelag in ein warmes Bild gesetzt. Dies wurde durch den warmen Duft nach LouLou, ein Parfum, das ich kannte, unterstrichen. Kurz vor mir musste hier noch eine Frau gewesen sein. Die auf dem Sofa liegenden Kleidungsstücke, ein Jackett und ein Hemd sowie die Weingläser, in denen der Rest von Rotwein stand, erinnerten mich an meine eigene Ordnung. Ich lauschte, ob vielleicht jemand im Haus war. Nichts, lediglich das Muhen einer Kuh von der nahen Weide war zu hören. Somit übernahm ich nun die Initiative, um zu verhindern, dass ich für einen Einbrecher gehalten wurde, und rief: „Hallo, ist da jemand?" Ich lauschte. Es war still. Doch meinte ich, ein klopfendes Geräusch zu hören. Ich ging in das Haus hinein und gelangte durch eine breite, aus Kiefernholz gefertigte Tür in den Flur. Der Flur war eher eine im Stil des Wohnzimmers gehaltene Eingangshalle mit einer Treppe in den Keller und einer nach oben. Hinter der Eingangstür mit blickdichter Bleiverglasung lag kein Toter. Dies war meine unterschwellige Angst gewesen. Anstelle der erwarteten Leiche erblickte ich auf der nach oben führenden Treppe, anscheinend als eine Art Wegweiser, eine Hose. Ein Hosenbein war auf links gezogen. Ich folgte diesem Wegweiser. Die teppichbeschlagenen Stufen knarrten leicht. Ich hob die Hose hoch und nahm sie mit. Oben angekommen, rief ich: „Hallo, ist da jemand?" Nun hörte ich es deutlicher, ein schabendes Geräusch und ein „Mumpf, mumpf!". Wenn wir als Kinder Indianer gespielt hatten und einer an den Marterpfahl gebunden worden war, steckten wir ihm ein Taschentuch in den Mund und der Gemarterte hatte ähnliche Geräusche gemacht, wenn er dann durchgekitzelt wurde. Dem „Mumpf, mumpf!" folgend, öffnete ich eine mit einem Lichtausschnitt aus Milchglas ausgestattete Tür.

Ich blieb stehen. Das, was ich nun sah, sprengte meine jugendliche Vorstellungskraft. In einem breiten Doppelbett lag der Bürgermeister. Sein Korpus unter einer Decke versteckt, vermutete ich, dass er spärlich oder gar nicht bekleidet war. Seine Arme waren mittels eines weißen Seils links und rechts am Bettpfosten fixiert. Gleiches war seinen Beinen widerfahren. Ich starrte ihn an und in mein Bewusstsein drang langsam das „Mumpf, mumpf!" vor. Ich erkannte, nun, nachdem sich mein Blick von der Fesselung gelöst hatte, dass der Mann auch geknebelt war. Ich ging näher zu ihm. Sein Mund wurde von einem Seidenstrumpf verschlossen. Ich versuchte, den Knoten zu lösen, doch gelang es mir nicht. „Haben Sie eine Schere?" „Mumpf, mumpf!" „Warten Sie, ich suche schnell eine in der Küche." Ich eilte die Treppe herunter, nahm die Tür zur Küche und hatte schon eine entdeckt. Eine große Schere steckte ordentlich in einem Messerblock. Mit dieser war ich schnellstens bei dem Gemarterten und wurde mit einem erwartungsvollen „Mumpf, mumpf!" empfangen. Der Strumpf war schnell durchtrennt und entfernt. Doch war dieser nicht der einzige Grund für seine Sprachlosigkeit. In seinem Mund befand sich ein Taschentuch. Dieses zog ich mit spitzen Fingern heraus. Er rang nach Luft.

„Endlich, meine Güte, ich wäre fast erstickt. Wie spät ist es?" Meine Güte, ich hatte ihn soeben befreit und er dachte an den nächsten Termin. „Gleich elf." „Gut, gegen Mittag wollte meine Frau wiederkommen." Er zurrte an den Fesseln und fauchte: „Nun schneiden Sie mich endlich los!" Dieser Aufforderung kam ich an den Beinen als Erstes nach, danach hatte ich schnell die Fesseln der Arme durchtrennt. Er sprang auf und war, wie ich fast erwartet hatte, nackt.

Ich sah an ihm herunter, der Bürgermeister war recht schlank. Lediglich sein Bauch fiel, auffallend nach außen gewölbt, auf. Wäre er eine Frau, hätte ich gedacht, dass er schwanger sei.

„Nun starren Sie mich nicht so an! Los, raus." Die Tür hinter mir schließend, ging ich nach unten und rief über die Schulter: „Ich mach mal einen Kaffee." Es folgte kein Protest.

In der Küche duftete es kurze Zeit später nach frisch aufgebrühtem Kaffee. Als dieser durchgelaufen war, stand der Bürgermeister in der Tür.

„Meine Güte, Beermann, wie gut, dass Sie mich befreit haben. Gleich müsste meine Frau kommen. Und hätte die mich so erwischt! Alle Welt hätte es erfahren."

„Wer hat Ihnen das denn angetan? War das Ihre Frau?"

„Früher hätte das meine Frau sein können. Da interessierte sie sich noch für erotische Literatur und heute für die Royal Family." Er seufzte.

"Wenn es nicht Ihre Frau war, wollen Sie dann nicht besser Anzeige erstatten?"

„Auf keinen Fall. Dann kommt das raus und ich bin blamiert bis auf die Knochen. Sagen Sie, haben Sie mich vielleicht am

Samstagmorgen nach Hause gebracht?" „Ja! Können Sie sich nicht mehr erinnern?"

„Nicht richtig. Nur Fragmente."

„Liegen Sie schon seit Samstagmorgen dort oben?" „Nein, das ist erst letzte Nacht passiert."

„Wurden Sie denn überfallen?" „Nein, ich hatte noch Besuch und nach einem Streit haben wir Versöhnung gefeiert, doch die Dame war noch nicht richtig versöhnt. Sie hat sich an mir gerächt und wollte mich bloßstellen. – Gut, dass Sie gekommen sind. Kann ich mich auf Sie verlassen, dass das unter uns Männern bleibt?"

„Na klar, ich bin doch ein Ehrenmann."

„Danke, ich werde mich noch erkenntlich zeigen." Er setzte sich.

„Ich habe Kaffee gemacht, möchten Sie einen?" „Ne, ich muss jetzt erst mal was zur Stärkung haben. Da hinten im Schrank steht noch meine Hausmarke. Geben Sie mir davon einen." Ich öffnete den gewiesenen Schrank und entdeckte einen kleinen Vorrat an Rotwein. Eine Flasche war offen, die gab ich ihm. Er goss sich die Kaffeetasse voll, die ich bereits auf den Tisch gestellt hatte, und leerte den Rotwein in einem Zug. Seufzend wollte er nun wissen, warum ich hier sei.

Nach meinem kurzen Bericht ordnete er an: „Dann müssen wir uns noch etwas einfallen lassen, warum ich nicht im Rathaus war!"

Er sah aus dem Fenster und überlegte. „Wir sagen Folgendes: Ich habe mich im Keller eingeschlossen, die Türklinke war abgefallen und ich bekam die Tür nicht auf. Sie haben, als Sie mich suchten, mein Rufen durch den Lichtschacht gehört, sind dann von hinten ins Haus gekommen und haben mich befreit."

„Das hört sich plausibel an."

„Und Sie erzählen das auch und heucheln Schadenfreude,

dann wird es funktionieren." Ich hätte zu gerne gewusst, wer die Dame war. War es vielleicht die verheiratete Ingrid? Das wäre natürlich ein Doppelskandal in Havixdorf.

Er duschte noch und wir fuhren dann zurück ins Rathaus. Als ich berichtete, was geschehen sein sollte, liefen Birne vor lauter Schadenfreude die Tränen über die Wangen. Möhre schüttelte lediglich mit dem Kopf und meinte: „Jetzt haben Sie aber einen gut beim Bürgermeister."

„Und du hast den ganzen Vormittag vertrödelt, jetzt habe ich einen gut bei dir, los, sieh zu, dass du deine Sachen erledigt bekommst!", raunzte mich die nun nicht mehr lachende Birne an. „Gleich ist schon die Baubesprechung und ich hatte einen Anruf aus Düsseldorf. Ich fahre gleich ins Schulministerium. Damit musst du allein zur Baubesprechung Beermann."

„Was, ich alleine, was soll ich da denn machen?"

„Kontrolliere, ob die Container o.k. sind und ob der Bauzaun aufgestellt wurde. Wenn Fragen auftauchen, dann schreibst du sie auf und wir klären das morgen."

Damit begab ich mich nachmittags zu meiner ersten Baubesprechung. Nun war es gut, dass bisher nur eine Firma beauftragt worden war. Der Erste, der erste Bauleiter von Lamberding Grundbau und Betonbau Wolfgang Lamberding, saß schon im Container und beugte sich über etwas. Ich konnte ihn gut beobachten, da die Fenster des Baustellencontainers noch sauber waren. Ich klopfte an die dünne Tür.

„Ach, hallo, Sie sind es. Kommen Sie nur herein. Kommt Ihr Chef auch noch?" Ich entschuldigte Birne kurz und wies auf seine wichtige Mission in Düsseldorf hin. „Dann trifft er sich bestimmt mit unserem MdL Donnerkeil!"

„Nun, davon weiß ich nichts." Ich setzte mich.

„Und stehen die Container an der richtigen Stelle?", wollte der

Erste von mir wissen.

„Kann ich nicht sagen, ich weiß nicht mehr, wo Herr Gutmann hingehauen hat, als er Ihnen das zeigte. Ist aber auch egal, wenn die falsch stehen, dann wird er Ihnen das schon sagen."

Der Erste grinste und erwiderte: „Ja, da hat er keine Hemmungen. Kommen Sie eigentlich gut mit ihm klar?" „Logo, er ist doch ein prima Chef!"

Ich kniff ein Auge zu und der Erste grinste erneut. „So, ich habe da aber noch ein Problem. In der Ausschreibung war gar nicht vorgesehen, dass die Container schon jetzt aufgestellt werden müssen. Da muss die Lamberding Grundbau aber extra Geld für haben. Ich habe schon mal einen Nachtrag mitgebracht."

Er reichte mir zwei Seiten einer Berechnung. Ich studierte die Zahlen. Mein Blick wurde von dem Papier zu der Nase meines Gegenübers gelenkt. Dieser bohrte genüsslich in selbiger und holte etwas heraus. Dieses konnte ich zumindest vermuten, denn er sah sich die Spitze seines Zeigefingers an, presste den Daumen dagegen und bewegte die Finger in einer entgegengesetzten Kreisbewegung. Ich wand meinen Blick ab und sah nur noch, wie er etwas von dem Plan wischte. Aus dieser konzentrierten Angelegenheit erwacht, wollte er wissen: „Und können Sie mir den Zahlen da zustimmen?"

„Hier gibt es nur einen, der etwas zustimmt, das wissen Sie auch."

„Ja, ist schon klar. Ich sollte meinem Chef nur berichten, ob wir die Kohle für die Container bekommen oder etwa noch großartig über den Preis reden müssen. Wir haben den schon total günstig angeboten. Da verdiene ich nichts dran. Ach, hier ist noch die Rechnung von dem Containerverleih, ich haben solche Dinger ja nicht auf dem Hof stehen. Da können Sie sehen, daran verdiene ich keinen Pfennig."

„Müssen Sie denn etwas daran verdienen, ich dachte, die Firma

Lamberding Grundbau müsste den Gewinn erzielen und nicht Sie."

„Was meinen Sie da? Ja klar muss die Firma den Gewinn haben."

„Ja dann müsste es auch heißen ‚wir‘ und nicht ‚ich‘."

„Mann, du bist aber ein Klugscheißer. Ich heiße übrigens Michael." Ich nahm die gereichte Hand.

„Adrian. Ich nehme den Nachtrag jetzt mit und zeige ihn morgen früh meinem Chef. Dann wird das bestimmt geklärt werden."

„Komm, lass uns noch eine rauchen. Ich habe auch in Münster Bauingenieurwesen studiert. Ist doch echt krass, wie klein die Welt ist." „Insbesondere dann, wenn die Orte zehn Kilometer auseinanderliegen." „Klugscheißer!"

Auf dem Rückweg nach Münster dachte ich nochmals über die Ausschreibung für die Gründungsarbeiten nach, ich hatte ja zu allen Positionen die Preise eingegeben. Der Erste hatte tatsächlich recht, da waren keine Container ausgeschrieben. Doch bei den Rohbauarbeiten hatte ich welche gesehen. Möhre hatte ich doch fragen müssen, was denn „paus." für eine Einheit war. Sie hatte auf diese triviale Frage mütterlich erklärt, dass das pauschal bedeuten würde. Da hatte Birne offensichtlich den falschen Unternehmer angewiesen, die Container aufzustellen. Meine Mundwinkel beschrieben ein Lächeln.

Donnerstag, 12. September

Leider bekam ich am Dienstag keine Möglichkeit mehr, mit Birne zu sprechen. Er hatte Möhre informiert, dass er noch einen weiteren Tag in Düsseldorf bleiben müsste. Im Schulministerium würde es noch einiges zu besprechen geben und man sei gestern nicht fertig geworden. Ein Blick in das Angebot des Rohbauers zeigte, dass dieser die Container und das andere Zeugs dreißig

Prozent günstiger aufgestellt hätte. Das hatte Havixdorf nun 5.000 Mark gekostet. Ich war gespannt, was Birne mir dazu erzählen wollte.

Damit war ich dann auch sofort an seinem runden Tisch und trug ihm meine Erkenntnis vor. Birne sah mich finster an und polterte los: „Hast du nichts anderes zu tun, als vermeintliche Fehler zu suchen, die ich gemacht haben könnte?" Er hieb mit der flachen Hand auf den Tisch. „Hast du schon die Ausschreibung für die Estricharbeiten zusammengestellt?"

Nun hatte er mich erwischt. Am Dienstag hatte ich es, getreu dem Motto der Havixdorfer Verwaltung, ruhig angehen lassen und kaum etwas fertig bekommen. Damit musste ich zugeben: „Ne, das wollte ich gleich machen."

Etwas leiser bemerkte Birne: „Heute Mittag ist alles fertig, verstanden, und nun raus!"

Gegen Mittag erhielt Möhre einen Anruf. Sie sah mich mit hochgezogenen Augenbrauen an. „Der Bürgermeister möchte Sie sprechen." „Wann?" „Jetzt sofort, dann aber mal flott!" Ich war jetzt gespannt, was er von mir wollte.

„Hallo, Herr Beermann, schön, dass Sie sofort gekommen sind."

„Was kann ich denn für Sie tun?"

„Sie brauchen nichts zu machen, ich möchte mich nur noch mal bedanken. Möchten Sie auch ein Glas?" Er zeigte auf ein Wasserglas mit einer rötlichen Flüssigkeit. Auf einem kleineren Tisch hinter seinem Schreibtisch stand eine Flasche Rotwein. Ich winkte ab. „Insbesondere für Ihre Diskretion. Der Flurfunk, der sonst jede Kleinigkeit sofort durchs Haus trägt, ist still. Damit weiß niemand außer uns beiden von meiner Blamage."

„Sie vergessen den oder die Dritte." „Die habe ich schon eingenordet. Die ist still. Das hier soll eine kleine Anerkennung Ihrer Loyalität sein."

Er schob einen Briefumschlag über den Tisch. Ich sah kurz in den Umschlag und konnte einige Geldscheine entdecken.

„Das wäre aber nicht notwendig gewesen."

„Ist schon o.k., als Student können Sie das bestimmt gut gebrauchen. Ich war während meines Studiums auch immer klamm. Nehmen Sie es also ohne schlechtes Gewissen an." Nun hatte ich auch eine kleine Belohnung bekommen. Das Prinzip der öffentlichen Verwaltung verstand ich immer besser.

Dienstag, 17. September

Ich war etwas später als sonst, ein kleiner Unfall auf der Landstraße hatte mich aufgehalten. Ein Landwirt hatte seine Kühe von einer Wiese über die Straße in eine andere treiben wollen, leider nicht schnell genug. Ein tiefer gelegter, von einem jungen Fahrer gesteuerter GTI war zu schnell gewesen und hatte vor der letzten die Straße überquerenden Kuh nicht mehr bremsen können. Das nach dem Zusammenstoß auf der Straße liegende verwundete Tier hatte auf den örtlichen Jäger warten müssen, der ihm den Gnadenschuss verpassen sollte. Als der Jäger den Unfallort betrat – er gab sich durch einen schweren britischen Nobelgeländewagen in Jagdgrün zu erkennen –, war ich mehr als überrascht gewesen. Es war Gandalf. Diesmal in dem Grün seiner tiertotschießenden Zunft gehalten. Er hatte in die Runde geblickt und mir in die Augen gesehen, dabei hatte sich sein Kopf unmerklich zu einem grüßenden Nicken gesenkt. Der von Gandalf angesetzte Gnadenschuss war augenblicklich später gefolgt. Gandalf hatte nicht lange gefackelt.

Meine Entschuldigung über mein Zuspätkommen hatte Birne direkt unterbrochen. „Wir haben hier ganz andere Probleme, da ist Ihr Zuspätkommen völlig zweitrangig. Gestern Spätnachmittag kam ein Fax aus Düsseldorf. Die schicken heute einen Rechnungsprüfer, der soll sich hier umschauen, ob wir auch alles richtig machen. So ein Scheiß, was glauben die denn!"

Der Prüfer kam kurz nach mir, schenkte Möhre und mir keine Beachtung und verschwand mit Birne im Büro. Dieser orderte Kaffee und wies Möhre an, für ein vernünftiges Frühstück zu sorgen.

Die Submission der Dachdeckerarbeiten fand wie alle Submissionen um elf Uhr statt, der Prüfer aus Düsseldorf begleitete uns. Es lag schon eine gewisse Spannung in der Luft, als all die Bieter, die in dem schäbigen - dem Anlass keinesfalls gerecht werdenden – Raum saßen und gespannt waren, wer denn nun den günstigsten Preis abgegeben hatte. Auch diesmal hatten sich sechs Bieter eingefunden. Sie saßen alle an dem großen Tisch, da ihnen jemand bereits Einlass gewährt hatte. Birne ließ den Stapel mit den Angeboten geräuschvoll auf den Tisch fallen und eröffnete die Submission. „Guten Tag, meine Damen und Herren, wir führen heute die Submission für die Dachdeckerarbeiten unserer neu zu bauenden Schule durch. Eingangs darf ich Ihnen die Beteiligten hier vorstellen. Der Herr dort ist der Herr Schmitt vom Landesrechnungshof. Er beobachtet alles, damit auch alles richtig gemacht wird. Seinem kritischen Blick entgeht nichts." Was war denn mit Birne los, hatte er was getrunken? „Zu meiner Linken sitzt Herr Beermann, er ist der Schriftführer und wird alles ordnungsgemäß notieren. Und meine Wenigkeit Siegfried Gutmann leitet diese Veranstaltung. Kommen wir nun zu dem ersten Angebot. Sind Sie bereit, Herr Beermann?" „Jawohl, Chef!", stimmte ich militärisch-zackig zu. Er setzte den Brieföffner an der Verschlusslasche des Umschlags an und verkündete: „Ich öffne nun das erste noch verschlossene Angebot. Nummer eins, die Firma Maier Dachdeckung, Maier mit ai, aus Ibbenbüren-Püsselbüren, Ibbenbüren mit zwei b hinter dem I und Püsselbüren mit zwei s, einhundertfünfundachzigtausendeinhundertundeinunddreißig Komma zwo null!" Er zog die Zahl derart in die Länge, dass ich fast für jeden Zehner einen Strich hätte machen können. „Nummer zwo, Handt und Huppfer Gbr, Handt mit dt und Huppfer mit zwei p, aus Coesfeld, Coesfeld mit ö, einhundertundzweiundneunzigtausend-zweihundertundachtundvierzig Komma drei vier." Die Litanei der Verlesung nahm ihren Lauf. Der Prüfer musste zufrieden sein, er beobachtete die Vorstellung gelassen und ich notierte in der Monotonie der Worte die Daten. Die beisitzenden Vertreter der Firmen notierten schweigend eigene Erkenntnisse dieser Zeremonie. In mein Bewusstsein drangen die Worte Birnes: „mit zwei n". Was hatte ich vorher geschrieben? RZD Ruckzuck dicht Lamberding OHG. Mann, von diesem Namen gab es bei diesem Bauvorhaben aber schon eine auffällige Häufung. Vielleicht war das mit diesem Namen so wie mit „Dünnebacke". Von denen gab es im Sauerland auch sehr viele, das war zumindest mein Eindruck. „Aus Münster-Gelmer, einhundertdreiunddreißigtausendfünfhundertundachtundvierzig Komma acht fünf." Ein Blick auf die bisher notierten Zahlen zeigte, dieser Bieter war der preiswerteste.

Birne verschwand nach der Submission mit dem Prüfer zu einem frühen Mittagessen. Zuvor erteilte er noch den Auftrag: „Und bitte denken Sie daran, Herr Beermann, die Rohbaufirma muss noch das Zuschlagsschreiben erhalten. Versuchen Sie es doch mal alleine, das bekommen Sie auch ohne mich hin. Danach können Sie schon mit der Prüfung der heutigen Angebotsöffnung beginnen!" Der Prüfer stand neben Birne und ergänzte verständnisvoll: „Ja, den Jungingenieuren muss man auch etwas zutrauen und Arbeit delegieren, dann lernen die auch was."

Den Auftrag hatte ich schnell geschrieben und hatte dann nicht mehr viel zu tun. Mir ging noch mal die Namenshäufung bei „Lamberding" durch den Kopf und ich suchte die anderen Lamberdings aus den Unterlagen heraus. Es waren drei,

Lamberding Grundbau aus Münster, Betonbau Wolfgang Lamberding aus Billerbach und RZD Lamberding OHG aus Münster-Gelmer. Ich sah mir die Firmenstempel auf den Angeboten an. Die sahen alle anders aus und hatten ja auch verschiedene Adressen. Ob diese stimmten? Ich rief die Telefonauskunft an und ließ mir die Telefonnummern geben. Auch alles unterschiedliche, war ja auch eigentlich klar, kamen doch alle Firmen aus anderen Orten. Ich versuchte, die Daten telefonisch zu verifizieren. In Münster bei Grundbau Lamberding meldete sich eine freundliche Dame und bestätigte mir die Adresse. In Billerbach war ebenfalls eine freundliche Dame, ich hatte den Eindruck, eben auch schon mit ihr telefoniert zu haben. Ich fragte sie zweimal nach ihrem Namen und schrieb ihn mir auf. Hölter hieß die Dame. Der dritte Anruf führte zu derselben Stimme. Meine Nachfrage nach dem Namen ergab jedoch „Meier" als Antwort. Ich hätte schwören können, dass das ein und dieselbe Stimme war. Es lag vielleicht auch an der Verzerrung in der Telefonleitung. Während des Gespräches hatte es immer mal in der Leitung geknackt. Damit waren es bestimmt drei völlig unterschiedliche Firmen.

Mir war plötzlich ein Gedanke in den Kopf geschossen. Was war mit der vierten Firma, die schon einen Auftrag erhalten hatte? Ich sah mir das Angebot der Firma Ingenieurholzbau und deren Firmenstempel an. Auf diesem fand ich eine Telefonnummer. Ich rief an und spitzte meine Ohren. Das war dieselbe Stimme, die hier „Krämer" säuselte. Ich war doch nicht blöd! „Sagen Sie mal, haben wir eben schon miteinander telefoniert?" „Das kann nicht sein, ich war bis vor wenigen Sekunden in einer Besprechung!" „Ja dann muss ich mich wohl verhört haben." Ich war mir sicher, dass ich mich nicht verhört hatte! Hier wollte mir jemand ein X für ein U vormachen. Warum? Meine Neugierde war geweckt.

Mittwoch, 18. September

Ich hatte den freien Morgen genossen und war erst spät zur Fachhochschule gegangen. Von dort hatte ich den Architekten Conrad Rosenthal angerufen. Er war mir ein Berater in vielen Dingen des Baugeschehens geworden, seitdem ich in seinem Büro eines dieser überflüssigen Praktika absolviert hatte, das jedoch durch den Genuss reichlich alkoholischer Getränke kurzweilig gewesen war. Er war fünfzehn Jahre älter als ich, war im Sauerland aufgewachsen und hatte formvollendete Manieren. Selbst in kritischen Situationen blieb er höflich. Seine Schwäche war das weibliche Geschlecht, zumindest konnte der oberflächliche Betrachter dies vermuten, denn der gerade mal 178 Zentimeter große bärtige Mann ließ keine Gelegenheit aus, um über diese Leidenschaft zu referieren. Ich hatte mit meiner wesentlich geringeren Lebenserfahrung schnell erkannt, dass Hunde, die bellen, nicht beißen. Wir hatten uns für den Nachmittag zu einem Dämmerschoppen im Kruse Baimken am Aasee verabredet.

„Hallo, Herr Rosenthal, schön, dass Sie Zeit für mich gefunden haben."

„Herr Beermann, für Sie doch immer. Außerdem habe ich mir was zu arbeiten mitgenommen. Doch bin ich dazu noch nicht gekommen. Schauen Sie sich mal dieses junge Ding an, das dort sitzt, der ist der Rock hochgerutscht und ich könnte schwören, dass die Strapse anhat. Ich sollte gleich, wenn wir geendet haben, zu ihr rübergehen, ist genau mein Alter."

Ich lachte ihn an. „Das könnte Ihre Tochter sein und ich sehe nichts."

„Kommen Sie mal hier rüber, dann haben Sie alles im Blick."

„Ich setze mich jetzt in Ihr Blickfeld, sonst können Sie sich ja nicht auf das konzentrieren, was ich mit Ihnen besprechen muss."

„Ja, wenn es denn sein muss!" Ich berichtete ihm nun über die

Auftragsvergaben und dass mir dabei aufgefallen war, dass die Firmen alle die gleiche Sekretärin hatten. Den Bürgermeister und die Belohnung für Birne erwähnte ich nicht. Als ich endete, lachte er.

„Ach, dabei dürfen Sie sich nichts denken! Lamberding ist halt ein häufiger Name im Westmünsterland und zudem ist Wolfgang Lamberding ein sehr umtriebiger Unternehmer, der in den letzten Jahren einige kleinere Firmen aufkaufte und diese an den alten Standorten bestehen ließ, wickelt jedoch die Geschäfte über seine Zentrale in Billerbach ab. Die einzelnen Niederlassungen sind nicht wirklich selbstständig. Dort gibt es immer einen Prokuristen, der die Angebote und Ähnliches unterschreibt, und das war es auch schon an Eigenständigkeit mit den Firmen."

„Dann denken Sie also, dass es Zufall ist, dass er so oft den Auftrag in Havixdorf erhalten hat?"

„Ja klar, bei so einem Schulneubau wird nach genauen Vergaberegeln ausgeschrieben und der Landesrechnungshof prüft das alles, da kann nichts manipuliert werden."

„Ja, der Prüfer war auch schon mal bei uns!"

„Na sehen Sie! Außerdem hat sich Lamberding vor ein paar Jahren bei mir schon mal die Finger verbrannt."

„Was hat er denn gemacht?"

„Das dürfen Sie aber nicht weitererzählen, das ist streng vertraulich!"

„Na, Herr Rosenthal, für wen halten Sie mich? Bin ich eine Tratschtüte?"

„Also, vor fünf Jahren habe ich in Bielefeld ein neues Krankenhaus gebaut. Dort hatte Lamberding den Zuschlag für die Rohbauarbeiten erhalten und einen sehr günstigen Preis abgegeben."

„Wo liegt denn Bielefeld?"

„Weiter im Osten, ist aber auch egal, und unterbrechen Sie mich nicht andauernd! Zu seinem Glück wurde sehr viel geändert und er konnte viele neue Preise verhandeln, da das Bau-Soll ja vom Bau-Ist abwich. Doch hat er die Rechnung ohne mich gemacht. Bei Nachträgen werde ich zum Terrier und lasse erst locker, wenn die Preise passen."

Er trank einen großen Schluck aus seinem Bier, das nun fast leer war. Ich winkte der Bedienung zu, noch eins zu bringen.

„Und, war es das?" „Nun haben Sie doch mal Geduld, hetzen Sie nicht so! Er hatte also keine Freude an meiner Beharrlichkeit. Als ich dann einmal nach Hause fuhr und an einer Gaststätte anhielt, um dort zur Toilette zu gehen, war er auch plötzlich dort und musste." Er sah mich an und kniff ein Auge zu.

„Hat er Sie belästigt?"

„Mann, Beermann, der ist doch nicht schwul. Er sagte zu mir: ‚Ich habe hier eine kleine Belohnung für Sie, für die gute Zusammenarbeit.' Er wollte mir einen Umschlag übergeben. Ich habe in den Umschlag hineingesehen und da war Geld drin. Da habe ich zu ihm gesagt: ‚Den nehmen Sie aber mal wieder schön mit, damit können Sie mich nicht beeinflussen.' Er trollte sich dann. Danach habe ich bei meinem Rechtsanwalt einen Aktenvermerk hinterlegt, in dem ich den Versuch der Bestechung und meine Ablehnung dokumentiert habe. Kommt es jemals zu Vorwürfen bezüglich der Nachträge bei diesem Krankenhaus, dann hole ich den Vermerk raus!"

Da war es, die Belohnung. Birne erhielt Geld für seine Zusammenarbeit mit Lamberding. Das war Bestechung, wofür auch immer. Ich musste zur Polizei gehen.

Es war dunkel geworden und eine jung gebliebene reizende Dame hatte meinen Mentor abgeholt. Mit einigen Bieren im Bauch fuhr ich vorsichtig mit meinem Fahrrad nach Hause und mir kam ein Gedanke. Konnte ich nicht auch eine Belohnung erhalten? Dann wären meine finanziellen Sorgen schlagartig behoben. Zudem war das Belohnungsprinzip in Havixdorf recht verbreitet.

Später saß ich mit Ulf zusammen, rauchend in dessen Zimmer, und hielt den Alkoholspiegel aufrecht. Mein Mitbewohner meinte warnend, als ich ihn in meine Pläne der finanziellen Sanierung einweihte: „Das werden dir die aber nicht freiwillig geben!"

„Ne, da muss ich ganz geschickt sein und noch mehr in Erfahrung bringen. Kann ich auf deine Hilfe zählen, wenn ich die brauche?" Mit etwas an Hilfe im Hintergrund war mir wohler.

„Na klar, musst nur was sagen, wir Sauerländer müssen doch zusammenhalten." Das hatte Rosenthal auch gesagt.

Donnerstag, 19. September

Mit diesen Gedanken, die mir Mut einflößten, war ich morgens nach Havixdorf ins Amt gefahren. Doch hatte Birne meine Gedanken schnell in eine andere Richtung gelenkt. In seiner Art, Mitarbeiter zu motivieren, war er kurz nach mir hereingestürmt gekommen und hatte siegessicher verkündet: „Na, Beermann, ausgeruht? Wir haben heute ein strammes Programm, komm mit, ich weise dich ein, damit du keine Langeweile hast und auf dumme Gedanken kommst!" Er lachte über seinen Witz.

„Schulze ist die nächsten Tage nicht da, sie kann uns nicht helfen. Hat Urlaub, ist mit ihrem Mann auf dem SVT." „Dem was?" „Stalingrad-Veteranen-Treffen. Und mach mal Kaffee!" „O.k.!?" Ich machte mir jedoch etwas Sorgen, wegen seiner Bemerkung über die „dummen Gedanken".

Ich musste somit Pläne kopieren, da später die erste richtige Baubesprechung stattfinden sollte, bei der fast alle Projektbeteiligten dabei sein sollten. Da war ich natürlich gespannt, wer hier wen kannte. Somit hatte ich mich mit den Plänen und einem Kaffee in den Keller verkrümelt. Dort stand der Großkopierer des Bauamtes. Auf dem neben dem Kopierer stehenden Tisch lag die Zeitung des Vortags. Mittwochs standen im Havixdorfer Anzeiger immer die Filmkritiken. Diese las ich zuerst in Ruhe, hier im Keller war ja nicht viel los und die paar Pläne hatte ich bestimmt schnell kopiert. Meine Sorgen hatten sich verflüchtigt.

Als ich zwei Stunden später wieder im Büro erschien, tobte Birne: „Mann, Beermann, da kann ich ja gleich eine Schnecke oder die Azubine losschicken. Was hast du so lange gemacht? Ich musste mir schon zweimal selber Kaffee holen." „Kopiert!" Er winkte mit seiner fleischigen Peter-Ustinov-Hand abweisend ab.

„Ach, lass gut sein, setz dich an das Ding da und bereite die Baustellenprotokolle vor!" Er zeigte auf den Computer. „Hier, ich habe da was mit der Hand vorbereitet, so will ich das jetzt immer haben." Er ließ eine handschriftliche Vorlage auf den Tisch gleiten.

Gegen vierzehn Uhr war es dann so weit, die erste große Baubesprechung sollte stattfinden. Birne hatte mir zuvor mitgeteilt, dass wir als Letzte kommen würden. Wir traten somit als die Letzten ein. Obwohl die Besprechung noch nicht lange währte, war die Luft schon schlecht. Einige der anwesenden Männer rauchten, eine blond gefärbte Frau saß am Kopfende des Besprechungstisches, sie rauchte nicht.

Birne begrüßte die Anwesenden: „Prima, dass Sie schon alle da sind, aber Sie, Frau Düttmann, sitzen auf meinem Platz, und du, Sonntag, sitzt auf dem Platz meines Assistenten. Also rücken wir erst einmal die Stühle. Frau Düttmann, das hätten Sie aber wissen müssen, dass der Projektsteuerer immer am Kopf der Tafel sitzt."

Die Dame gab pikiert, mit hoher Stimme, zurück: „Sind Sie denn der Projektsteuerer?"

„Wer denn sonst, meine Liebe?", zischte Birne die Dame, deren Funktion ich noch nicht kannte, an. „Die Gemeinde Havixdorf ist der Bauherr und für die koordiniere ich alles. Damit bin ich der Herr über alle Entscheidungen und somit der Projektsteuerer." Am Hals der Dame bildeten sich rote Flecken. Das ging hier ja lustig zur Sache. Gandalf und der Erste waren auch da und grinsten selbstgefällig.

Birne polterte: „Ich hoffe, Sie haben alle Pläne dabei und dass die richtig sind."

„Aber natürlich, hier, sehen Sie!" Sie rollte einige Pläne mit geschickter Bewegung auf dem Tisch aus.

„Na, mit Papier können Sie ja umgehen! Ach, Beermann, nur fürs Protokoll, Frau Düttmann ist von unserem Architekturbüro."

Er stellte die Übrigen kurz vor und alle Anwesenden beugten sich sofort neugierig über die Pläne. Gandalf richtete die erste Frage an die Architektin.

„Haben Sie diesen Durchbruch mit Herrn Locking abgesprochen, der erscheint mir doch recht groß."

Ein kleiner, etwas untersetzter Mann Mitte dreißig meldete sich zu Wort: „Mann, Reinhild, ich habe dir doch gesagt, dass ich die Pläne erst noch hätte sehen müssen, warum hast du mir die denn nicht zugeschickt? So geht das auf keinen Fall. Und was ist hier mit der Treppe? Läuft die nicht falsch herum?"

Nun rötete sich das Gesicht der Architektin merklich und sie flüchtete sich in eine fadenscheinige Erklärung. „Da scheint mein Mitarbeiter aber großen Mist gemacht zu haben!"

Gandalf mischte sich mit seidenweicher freundlicher Stimme in das Gespräch ein. „Ach, das ist doch nicht so schlimm!" Er zog einen Bleistift mit einer Mine, die an einen Kohlestift erinnerte, aus seinem Jackett und zeichnete in die frischen Pläne. „Sehen Sie, wenn wir das so machen, dann funktioniert es doch wunderbar. Einziger Nachteil: Diese Leistungen haben Sie nicht im Leistungsverzeichnis erfasst, da müsste ich Ihnen einen neuen Preis anbieten!" Er sah Birne an und dieser erwiderte: „Das besprechen wir später."

Der Haustechniker Sonntag und der Statiker stellten ihre Pläne vor. Gandalf kommentierte, Birne lächelte, der Erste bohrte in der

Nase. Hier hatte Gandalf das Ruder übernommen und Birne ließ ihn machen.

„So, wenn Sie diese Änderungen jetzt zügig in Ihre Pläne aufnehmen, dann können wir auch schnell anfangen, nicht wahr, Michael?"

Der Erste schnippte etwas von seinen Fingern, er war anscheinend überrascht, dass er etwas sagen musste, und beschränkte sich auf „Ja klar, Wolfgang".

„Eine Sache habe ich aber noch!", richtete sich Gandalf an Birne.

„Sie haben ja die Container von der Grundbau aufstellen lassen und nun brauchen Sie unsere nicht mehr! Da steht mir aber entgangener Gewinn zu. Mindestens fünf Prozent des Vertragspreises."

Ich hatte den Eindruck, dass nun Birne aus dem Konzept gerissen wurde. „Das war aber nicht abgesprochen", prustete er aus.

Gandalf sah ihn eindringlich an. „Wann hätten wir das auch absprechen sollen, Herr Gutmann? Das ist heute die erste Besprechung."

Na, gesprochen hatten die beiden ja schon früher, das wusste ich ja nun ganz genau, und anscheinend hatten sie auch viel über den Schulneubau gesprochen, nur nicht über den entgangenen Gewinn, sonst wäre Birne auch hier desinteressiert geblieben. Die beiden mussten noch mehr zusammenhängen und hier siezten sie sich. Da wurde es Zeit, dass ich die beiden beobachtete. Nur wann, war die Frage, ich konnte ja nicht immer auf Birne aufpassen. Vielleicht ergab sich noch eine Gelegenheit.

Da war es an diesem Abend erfreulich, dass mal wieder eine Party anstand. Die der Juristen. Die Party war berüchtigt für ausschweifende Nächte. Doch leider musste ich mich zurückhalten. Mit diesem Vorsatz setzte ich mich an die Theke. Eigentlich hatte ich nicht hierhin gewollt, doch einige meiner Freunde hatten mich genötigt mitzukommen, auf diese wartete ich nun. Neben mir saß ein etwas älterer – älter als ich -, kräftiger Typ, der versonnen an seinem Bier nippte. Ich prostete ihm zu. „Na, gehörst du auch zur Schicht der Werktätigen und kannst nicht mehr so, wie du willst? Ich bin Adrian." „Kann man so sagen! Ich habe gerade meine erste Stelle als Rechtsanwalt angetreten und eine echt schwierige Sache zu bearbeiten. Ich bin Georg." „Was hast du denn für eine Hürde zu nehmen?" „Ach, eine komplizierte Vertragsgeschichte bei einer Firmenfusion. Eigentlich wollte ich ja Strafrecht machen, das hätte ich interessanter gefunden." „Strafrecht! Dann kannst du mir sicher einen Tipp geben, wie ich mich verhalten muss. Ich bin neulich in eine unangenehme Sache mit einem Krümel Dope geraten und habe nun eine Vorladung." „Erzähl mal!" Seine Augen leuchteten mit einem Mal.

Die Geschichte war kurz erzählt. „Hast du schon eine Vorstrafe wegen Drogenmissbrauch?" „Ne, bisher hat mich noch nie jemand erwischt." „Na dann wird es nicht so schlimm. Die wollen eigentlich nur von dir wissen, woher du das Dope hast. Die Polizei interessiert sich vor allem für den Vertriebsweg." „Ich kann doch nicht sagen, dass ich das Zeug von einem Kumpel habe." „Sollst du auch nicht. Dadurch, dass du zum ersten Mal auffällst, behauptest du, das hätte dir auf einer Party am Hafen jemand zugesteckt, als die Polizei aufgetaucht wäre. Du hättest dir nicht viel dabei gedacht, zumal du schon einiges im Tee gehabt hättest. Der Typ hätte einen Zopf und einen Dreitagebart gehabt und wäre etwas kleiner als du gewesen." „Kennst du jemanden, der so aussieht?" „Ne, aber das ist eine klassische Beschreibung und die trifft auf viele zu. Du bist mit der Aussage kooperativ und alles ist klar." „Hey, Georg, danke für den Tipp. Willst du noch ein Bier?" „Ich nehme auch noch zwei. Hier meine Karte, wenn es komplizierter wird." Ich las: Rechtsanwalt Georg Willberg, Kanzlei Maier und Partner. Nach dieser Beratung und noch mehr als zwei Bieren war mir wegen der Sache mit dem Dope leichter ums Herz. Es war gut, dass Georg um zwölf aufbrach und mich damit mitzog, sonst wäre ich sicherlich versackt.

Freitag, 20. September

Ich hatte mir vorgenommen, von nun an sehr aufmerksam auf Birne zu achten und ihn nicht aus dem Auge zu lassen. Doch war der Plan an diesem Morgen schwer zu bewerkstelligen. Gegen zehn Uhr war die Architektin Frau Düttmann ins Bauamt geschneit und hatte die neuen Pläne mit hoher Stimme auf den Tisch geknallt.

„Sagen Sie Ihrem Chef, dass die Pläne noch heute zum Prüfstatiker müssen. Das Beste wird sein, wenn Sie jetzt sofort losfahren."

„Bitte? Sie können mir doch nicht sagen, wann ich wohin fahre!"

Ihre Stimme wurde noch höher. „Wenn der Prüfer die Pläne nicht heute erhält, dürfen Sie nicht wie geplant beginnen, und denken Sie daran, dass der Bauunternehmer die Fertigteile frühzeitig produzieren muss."

„Na, auf einen Tag wird es wohl nicht ankommen!"

„Was glauben Sie denn, es kommt oft auf Stunden an. Sie werden das noch nicht beurteilen können."

Ihre Stimme war nun schrill. Birne öffnete seine Tür. „Was ist denn hier los?" Er sah die Architektin an. „Ach, unsere blond gelockte Kreative. Nun mal langsam, Frau Düttmann, machen Sie nicht so einen Stress, was ist denn los?"

Ihre Stimme reduzierte sich auf die anscheinend normale Höhe.

„Die Pläne müssen noch heute zum Prüfstatiker!"

„Noch vorm Wochenende?", wollte nun Birne wissen.

Zögernd kam: „Ja, das ist so abgesprochen."

„Nun, Beermann, Sie sind der Mann für alle Fälle. Haben Sie einen Diesel?"

„Klar!" „Dann tanken Sie am Bauhof voll und fahren nach Warendorf, dort sitzt der Statiker."

Birne wandte sich nun der Dame zu. „Und Sie sprechen solche Aktionen zukünftig mit mir vorher telefonisch ab!"

Zähneknirschend verließ ich das Büro mit den Plänen unter dem Arm. Nun konnte ich nichts mehr herausfinden. Am Haupteingang des Rathauses stieß ich mit dem Bürgermeister zusammen.

„Na, junger Mann, wohin so schnell?" Ich berichtete ihm kurz.

„Na, das trifft sich ja prächtig, der Statiker muss auch noch einen Ordner wiederhaben von einem Schadensfall, der nun geklärt wurde. Der steht bei Ihnen im Büro. Da steht ‚Dorfhalle 1987' drauf. Den können Sie noch mitnehmen."

„O.k.!" Ich ging somit zurück, ließ die Pläne bei dem wohlbeleibten Pförtner stehen.

In unserem Büro war niemand, Birne saß an seinem Schreibtisch und telefonierte laut sprechend. Ich sah die Regale entlang und hatte den Ordner schnell gefunden. Da hörte ich: „Das ist prima, Wolfgang, wann sollen wir uns treffen?" Eine Pause entstand und Birne lachte laut. „So spät, aber gut, unser MdL ist immer etwas spät. Klar, ich komme."

Das war das, was ich gesucht hatte: Gandalf, Birne und der Landtagsabgeordnete in einem gemeinsamen Meeting, und das erst später. Demnach hatte ich noch Zeit. So fuhr ich entspannt nach Warendorf. Dort wurde mir mitgeteilt, dass der Prüfer diese und nächste Woche im Urlaub sei. Ich nahm mir vor, dieses der Architektin in gleicher Münze wiederzugeben. Die Pläne und den Ordner konnte ich glücklicherweise dort lassen. Auf dem Rückweg überlegte ich mir meine Strategie. Birne kannte mittlerweile mein Auto. Also musste ich mir ein anderes besorgen. Susannes

R4 war naheliegend. Der fiel nicht auf. Zudem hatte er auch das Kennzeichen „COE" für Coesfeld, also wie alle Fahrzeuge in Havixdorf. Susanne war nicht da. Da war es gut, dass ich einen Schlüssel zu ihrer Wohnung hatte. Ich tauschte die Autoschlüssel, schrieb eine kurze Erklärung und legte diesen auf den Küchentisch der WG. Im Flur lag auf einem Hocker eine Zeitschrift, die steckte ich ein. Unterwegs wurde noch Proviant gebunkert. Im Auto lag eine Decke und der Wagen sprang an. Das war, so wie bei meinem, nicht automatisch der Fall. Eigentlich war er damit ungeeignet für eine Observation. Doch hatte ich keine schnellere Lösung zur Hand. Mein Mitbewohner fuhr einen wunderbaren W123 von Mercedes, doch ließ er niemanden damit fahren, auch mich nicht. Zudem stand auf dem Kennzeichen „HSK", damit fiel ich in Havixdorf auf.

So, zumindest semiprofessionell für Observationen ausgerüstet, war ich um 14 Uhr wieder im Amt. Ich trat in unsere Amtsstube ein und rannte in Birnes Arme.

„Was machen Sie noch hier!", raunzte dieser mich an.

„Ja, ich muss doch noch meinen Schreibtisch aufräumen."

„Das ist aber das erste Mal, dass du das machst."

„Nun, einmal fängt jeder an." Ich musste vom Thema ablenken und erzählte ihm, dass der Prüfer im Urlaub war.

„Das darf doch nicht wahr sein! Glaubt die dumme Kuh, dass wir hier eine Beschäftigungstherapie für müde Amtsschimmel machen?" Er hatte einen seiner Anfälle.

Da dieser von meiner Person ablenkte, goss ich Benzin ins Feuer und erwähnte: „Ich war vier Stunden unterwegs!"

„Was, vier Stunden! Was hast du die ganze Zeit gemacht?"

Nun galt der Zorn mir. Doch ich konzentrierte all meinen Mut und donnerte zurück: „Dann fahr doch zukünftig selbst freitags mittags nach Warendorf und zurück! Auf der ganzen Strecke darf man nur siebzig fahren."

Birne blickte mich konsterniert an, dass ich ihn so anbrüllte. Damit hatte er nicht gerechnet. „Ja, hast ja recht, die vier Stunden ziehe ich Ihnen vom Honorar ab! So, ich muss los. Bis Montag."

Die Tür knallte und er war weg. Ich musste hinterher. Nach ein paar wenigen Minuten öffnete ich die Tür. Das Rathaus schien fast leer zu sein. Nur an der Pforte saß der Übliche. Ich fragte mich kurz, ob er hier auch schlief.

„Ist Herr Gutmann schon raus?"

„Ja, vor zwei Minuten. Vielleicht erwischen Sie ihn noch auf dem Parkplatz."

Den spärlichen Baumbestand vor dem Rathaus ausnutzend, arbeitete ich mich, von einer Deckung zur nächsten springend, zum Parkplatz vor. Dort fuhr Birnes BMW vom Parkplatz. Der R4 sprang erneut überraschend willig an und so schoss ich mit 29 PS, die Revolverschaltung optimal einsetzend, hinter dem BMW her.

Birne fuhr zum Frisör, dort musste ich zwanzig Minuten warten, und dann zu seinem Haus. Er hatte dort mit seiner Schwester zusammengelebt und war nicht verheiratet. Seine Schwester war nach Neuseeland ausgewandert. Angeblich sollte er ein Verhältnis mit der Besitzerin der örtlichen Pizzeria haben, doch hatte ich hierzu noch keine verlässlichen Infos erhalten. Sein Haus war ein gelblicher Klinkerbau mit Schmiedeeisen vor den Fenstern, das an Gelsenkirchener Barock erinnerte. Er parkte sein Auto in der Auffahrt. Ich fuhr etwas weiter einen kleinen Hügel hoch in eine Wohnstraße hinein. Nachdem der R4 gedreht war, parkte ich in einer Parkbucht hinter einem Glascontainer. Hier konnte ich den Wagen zur Not anrollen lassen und hatte auch Birnes BMW im Blick. Es war nun 15:30 Uhr, und wenn sich die Combo erst spät treffen wollte, war noch Zeit. Diese vertrieb ich mir durch einen kleinen Spaziergang, immer so, dass ein Blick auf den Wagen des vermuteten Delinquenten möglich war. Auf einem Spielplatz lud eine Bank, die für fürsorgliche Eltern gedacht war, zum Verweilen ein und bot dabei den notwendigen Blick. In der flüchtig mitgenommenen Frauenzeitschrift las ich einen Beitrag über Darmspiegelungen. Die Beschreibung, wie das endoskopische Verfahren durchgeführt wird, führte zu einem Ziehen in der Magengegend und die Zeitschrift verschwand in dem Abfalleimer des Spielplatzes. Der Herbst sandte einen Eindruck seines Könnens und schwere Wolken hatten den Himmel verfinstert, sodass nun Regen, der von leichten Windböen angetrieben wurde, einsetzte. Der R4 mit seinem Rollverdeck sollte Schutz bieten. Zudem war im Auto der Proviant. Mit beschleunigten Schritten suchte ich den Franzosen auf. Ich drehte den Sitz etwas herunter und aß in dieser Position ein Brötchen, wobei sich die Krümel auf meinem Pullover und den alten Polstern verteilten. Der Wind wurde stärker und der Wagen schaukelte etwas. Die Straßen waren leer und die dichten Wolken ließen den Tag früher dämmern. Die Decke, die ich mir übergelegt hatte, wärmte und durch das leichte Schaukeln wurden meine Augenlider immer schwerer.

Ich erschrak und schreckte hoch, etwas tropfte auf mein Gesicht. Durch das Rollverdeck, das nicht mehr optimal schloss, war, durch die seitlichen Windböen begünstigt, Wasser eingedrungen. Ich musste eingeschlafen sein. Es war 17:58 Uhr. Heißkalte Schauer durchfuhren mich, der BMW war nicht mehr da. Ich hieb mit der flachen Hand auf das unschuldige Lenkrad. Es nützte nichts, ich musste mir eingestehen, dass ich es vergeigt hatte. Den Motor startend, nun schon zum dritten Mal ohne Probleme, fuhr ich den flach geneigten Hang mit dem Ziel Münster runter.

An der Einmündung zur Hauptstraße durchfuhr mich ein erneuter Schreck. Der BMW bog in die Wohnstraße ein. Ich rutschte tief hinter das Lenkrad. Da war er wieder, ich war noch im Observations-Geschäft! Detektiv Beermann ermittelte. Doch wie sollte ich mich nun an seine Fersen heften? Der R4 steuerte von der Wohnstraße auf die Hauptstraße zu. Auf der anderen Seite war eine Imbissbude, die bereits von außen den Namen Zum schmierigen Löffel verdient hätte. Der Vorteil dieser Location war jedoch nicht das vermutlich ranzige Fett, sondern die große Schaufensterscheibe, hinter der sich deutlich sichtbar zwei Stehtische befanden. Susannes Franzosen parkte ich in Richtung Dorf auswärts und betrat den Gastraum. Der äußere Eindruck bestätigte sich. Ein älterer Mann, dessen Haare anscheinend im Fett der Fritteuse gebadet hatten, saß an einem kleinen quadratischen Tisch vor einer Flasche Bier. „'n Abend! Was wünschen Sie?", wurde ich begrüßt. Herbert Grönemeyer kam mir in den Sinn. „Eine Currywurst und 'ne Cola." Der Wirt erhob sich langsam und schlurfte in Filzpantoffeln zu seiner Imbisstheke, die mit ihrer gläsernen Front ein Blicken auf die ausgestellten Lebensmittel gewährte. Josef Beuys hätte hier ein Atelier einrichten können. Die Auslagen warteten darauf, beuysche Kunst zu werden. Der Drehschalter des Würstchengrills wurde höher gedreht und die sieben auf der Platte im Bratfett liegenden Würstchen gewendet, sodass sie wieder schön glänzten. Ich erhielt schweigend meine Cola. Das Würstchen wurde auf einem Holzbrett gnadenlos mit einem Messer in die obligatorischen Stücke tranchiert, wobei hier das Standardmaß der Wurststücklänge, das mir sonst geläufig war, deutlich überschritten wurde. Mit der Cola und der Schale Currywurst, die von einem altbackenen Brötchen gekrönt wurde, verkrümelte ich mich an einen der Stehtische an der Schaufensterscheibe. Nun hieß es warten. Der Regen hatte sich unter einer Sonnenlicht schluckenden dichten Wolkendecke verstärkt. Die Autos fuhren mit Licht. Bei jedem Fahrzeug, das aus der beobachteten Straße in die Hauptstraße einbiegen wollte, stieg mein Adrenalinspiegel. Zudem machte sich meine Blase bemerkbar, aber ich konnte nicht noch einmal eine Panne riskieren wie vor ein paar Stunden. Gegen neunzehn Uhr wurden die Geräusche in dem Imbiss lauter und der Wirt schlurfte von einer Ecke in die andere und schien sehr geschäftig. Nun schlurfte er zu mir. „Ich weiß ja nicht, auf wenn Sie warten. Aber ich schließe jetzt. Macht drei Mark." Ich legte das Geld schweigend auf den Tisch und verließ dieses Lokal, das ich bestimmt nicht weiterempfehlen würde, und ließ mich auf dem Fahrersitz respektive Fahrerinnensitz des R4 nieder. Dieser war durch das eindringende Regenwasser etwas nass geworden. Observationen waren ein langweiliges und unbequemes Geschäft und ich verstand nun, warum Polizisten Beamte waren. Meine Blase wurde zu einem Problem. Ich suchte die Straße nach einem passenden Baum ab. Doch weder vor noch hinter dem Fahrzeug war etwas, was mir etwas Schutz geboten hätte. Ich rutschte deutlich unruhiger hin und her. Jetzt konnte nur noch eine Flasche helfen. Mich in dem R4 umschauend, entdeckte ich in einem Netz, das an der Rücklehne des Fahrerinnensitzes befestigt war, eine Thermoskanne. Diese sollte meine Rettung sein. Den Behälter aufschraubend, rutschte ich auf dem Sitz etwas nach vorne, öffnete meine Hose, sah noch einmal in den Rückspiegel und schob den Behälter zwischen meine Beine.

Da kam er angefahren, unverkennbar der BMW. Mein Plan der Erleichterung wurde augenblicklich unbedeutend. Die Hose wurde geschlossen, den Behälter warf ich in den nachbarlichen Fußraum des Fahrzeugs und hörte, wie das Glas zerbrach. Nach dieser nur Sekunden währenden Handlung zündete nun zum wiederholten Mal ohne Probleme der Motor. Birne bog auf die Hauptstraße ein und fuhr, wie ich vermutet hatte, aus dem Dorf heraus, Richtung Billerbach. Nach circa fünf Kilometern erreichten wir einen Waldrand. Unter dem beidseitig eng an die Straße angrenzenden Wald war es bei dem spärlichen Sonnenlicht, das wieder von dichten Wolken zurückgehalten wurde, fast dunkel. Birne schaltete das Licht an. Die Dunkelheit war eine gute Tarnung für mich, sodass ich seinem Beispiel nicht folgte und die Beleuchtung des R4 nicht einschaltete. Nach wenigen hundert Metern bog Birne auf einen asphaltierten Waldweg ein. Dessen Einfahrt war durch ein Sackgassen- und „Anlieger frei"-Schild ordnungsrechtlich ausgezeichnet worden. Das erstgenannte Schild beruhigte mich. Birne musste hier auch wieder herauskommen. Ich bog sehr langsam in den Weg ein, damit er an Vorsprung gewinnen konnte, und fuhr dann in einen unasphaltierten abzweigenden Weg ein, drehte in mehreren Zügen und parkte dort. Hier waren nun auch ausreichend viele der ersehnten Bäume, die den notwendigen Schutz boten. Einen dieser Bäume suchte ich - nachdem ich das alte Pfadfindermesser eingesteckt hatte, das in dem Handschuhablagefach verstaut war - nun auf.

Durch eine Blickachse, die sich auftat und die tiefer in den Wald hineinführte, sah ich ein hell erleuchtetes Gebäude. Ich bewegte mich vorsichtig auf das Gebäude zu. Außer dem Licht war von meinem Standort aus nicht viel zu erkennen. Ich kämpfte mich durch das Unterholz weiter an die Lichtquellen heran. Das Licht entsprang starken Außenstrahlern, die den Vorplatz des Gebäudes ausleuchteten und den Schatten eines hohen Gitterzauns zeigten. Einer der Strahler beleuchtete Birnes BMW. Er war also hier. Ich arbeitete mich an den Zaun heran. Ein anderer Lichtstrahler erhellte den Bereich rechts von dem Hauptgebäude. An dieser Stelle befand sich eine große Schirmschoppe, in der zwei weitere Fahrzeuge und ein Unimog abgestellt worden waren. Der Haupteingang des Hauptgebäudes wurde durch ein riesiges Geweih gekrönt. Damit wurde meine Vermutung, dass es sich hier um eine luxuriöse Jagdhütte handelte, bestätigt. Eigentlich war es keine Hütte, sondern mehr ein Haus. Eineinhalbgeschossig mit einem unter fünfundvierzig Grad angelegten Satteldach mit Krüppelwalmen. Der First erreichte fast die Baumkronenhöhe der umgebenden Bäume. Wie die Schoppe war auch das Hauptgebäude in Fachwerkbauweise mit roter Klinkerausfachung gebaut worden. Die Fenster waren mit grün lackierten Fensterläden verschlossen worden, durch diese schimmerte das Licht aus dem Inneren. Auf dem Hof war keine Menschenseele zu sehen. Somit wollte ich mich nun näher an das Gebäude heranarbeiten. Ich wollte ja nicht nur wissen, wohin Birne fuhr, nein, ich wollte auch wissen, was er besprach, und da ich keine Wanzen oder Richtmikrofone hatte, war Anschleichen die einzige Möglichkeit, mehr zu erfahren. Der Gitterzaun war auf einer niedrigen Mauer aus roten Klinkern zwischen dazu passenden Pfeilern gebaut worden und überragte mein Haupt um zwei Handbreiten. Hier kam ich nicht durch. Ich bewegte mich an dem Zaun entlang - da das Gestrüpp hier nicht so üppig war - zur Rückseite des Gebäudes vor. Der Regen hatte schon vor einiger Zeit aufgehört und die Wolkendecke war aufgerissen, sodass ich wieder besser sehen konnte. Ich war nun auf der Höhe der Schirmschoppe, an der Stelle, an der der Gitterzaun in das Außenmauerwerk der Schoppe überging, und hörte den donnernden Ruf: „Roland, mach endlich das Licht aus, wir machen hier doch keine Ausstellung!" Das war die Stimme Gandalfs. Er war also auch hier und ich musste mich über die Kraft seiner Stimme wundern, bisher hatte er immer so leise und friedfertig gesprochen. Diesmal erinnerte mich seine Stimme an einen Österreicher, der dadurch karikiert wird, indem Zeige- und Mittelfinger auf die Oberlippe gelegt werden. Ob „Gandalf" die richtige Bezeichnung für ihn war, war deutlich fraglich geworden. „Alles klärchen, Chef!", drang aus der Schoppe. Da war noch jemand. Ich hatte mir vorgenommen, vorsichtig zu sein. Somit führte mich mein Schleichweg vorsichtig an der Rückseite der Schoppe entlang. Doch zeigte sich hier keine Öffnung, die mir Einblick gewährt hätte. In der Ecke zwischen Schoppe und Jagdhaus war ein großflächiger Grillplatz mit einem gemauerten Grill und schweren hölzernen Bänken angelegt worden, damit war zumindest der Blick frei. Von der Giebelseite des Hauses führte eine Tür mit einem großen Fensterausschnitt direkt auf den Grillplatz. Hinter der Tür war Licht. Doch bestand auch hier keine Möglichkeit, auf das Grundstück zu gelangen. Der Gitterzaun war hinter der Schoppe fortgesetzt worden. Somit blieb mir nur die Möglichkeit, an dem Zaun entlangzugehen. In dem Augenblick, als ich aus dem schützenden Schatten hinaustreten wollte, öffnete sich die Tür und eine Frau mit einem schwarzen Kleid und einer weißen Serviererinnen-Schürze bekleidet trat aus der Tür. Sie zündete sich mit fahrigen Bewegungen eine Zigarette an. Der Duft des soeben frisch entzündeten Tabaks drang zu mir. Ich hätte nun auch gerne eine geraucht. Aber die BBO - der Gedanke an den Abkürzungswahn der Gemeindeverwaltung hatte diese Abkürzung für „Birnes Beschattungs-Operation" intuitiv gebildet – durfte nicht gefährdet werden. Die Tür sprang erneut auf.

„Mann, Michi, sieh zu, dass du den ersten Gang auf den Tisch bekommst, wir wollen heute Abend noch weiter. Und mach diese Scheißzigarette aus, ihr Raucher seid doch alle Schweine." Es war Gandalf, der in seinem Despotenton seine, ich vermutete, Mitarbeiterin anfuhr.

Diese drehte sich um und erwiderte gelassen: „Wolfi, nun mal ganz in Ruhe, dein Donnerkeil wird ja nicht verhungern und Sigi hat Reserven."

Sie schnippte den Rest der Zigarette weg, drehte sich zu ihm um, legte eine Hand auf seine Wange und küsste ihn auf die andere. Gandalf ließ sie machen. Sollte sie seine Frau sein?

Beide kehrten in das Haus zurück. Donnerkeil, den Namen hatte ich schon gehört. Ich schlich also weiter. Hinter dem Haus waren die Fensterläden nicht geschlossen. Ich sah eine große

Tafel, an der drei Männer saßen. Der dritte mir unbekannte war vermutlich der Donnerkeil. Er drehte mir den Rücken zu. Gandalfs Frau servierte und die Herren begannen eine Suppe, den ersten Gang, zu löffeln. Da die Fenster geschlossen waren, drang von den Worten, die dort gesprochen wurden, nichts nach außen. Ich blieb einige Zeit stehen und sah, dass die drei viel Spaß hatten, denn die lauten Lacher schafften als einzige Offenbarung den Weg zu mir. Ich konnte hier also nichts erfahren.

Damit war der geordnete Rückzug über meinen Schleichweg möglich. An dem Grillplatz war wieder die Raucherin. Neben ihr ein Mann. Er stützte sich mit seiner imposanten Statur auf eine Schüppe, so, wie sich der Bremer Roland auf sein Schwert stützte. Er war bestimmt der gescholtene Roland von vorhin. Die beiden zündeten sich eine Zigarette an.

„Mann, Mann, Mann, er hat ja heute wieder eine Laune", eröffnete der Mann.

„Mich hat er auch schon angefahren und Ernesto, der Arme, muss heute auch noch kochen, er ist auch schon genervt."

„Machen ihm die zwei da drin Probleme?" „Ne, die sind sehr ausgelassen. Schlotmann rief heute noch an und machte Stress, er will mal wieder mehr Geld haben."

„Na, vielleicht bessert sich seine Laune, wenn wir heute Nacht wiederkommen? Ist seine Frau eigentlich noch auf Spiekeroog?" Hier war also der weitere Hinweis, dass die Herren noch etwas vorhatten. Zudem war die rauchende Servierdame damit nicht seine Frau.

„Ich muss wieder rein, die Herren wollen bestimmt den zweiten Gang, lange spiele ich auch nicht mehr das Serviermädchen, nur weil ein Landtagsabgeordneter da ist."

Dies wurde ja der Abend der Erleuchtung. Mir fiel es wieder ein, Sebastian hatte schon von ihm erzählt. Der dritte Mann war der MdL Donnerkeil. Ich musste diesen Platz unbedingt weiter beobachten und suchte mir etwas weiter hinten einen umgestürzten Baumstamm, auf dem ich mich niederlassen konnte, und hoffte, dass das Menü nur drei Gänge haben würde.

Die Zeit verlief nun sehr langsam, ohne dass der Pfad der Erleuchtung erneut vor meinen Augen auftauchte. Die Serviererin rauchte noch eine Zigarette und es dauerte und dauerte. Mittlerweile war es sehr dunkel geworden, zudem hatte leichter Regen eingesetzt und es war kalt. Gegen den Regen hatte ich mir eine Kopfbedeckung aus Blättern geflochten. Bei dieser Gelegenheit hatte ich meine Wangen und Stirn geschwärzt. Nun hatte ich die Gelegenheit zu beweisen, dass die Bundeswehr doch gut beraten gewesen wäre, wenn sie mich nicht ausgemustert hätte. Meine Tarnung war perfekt. Es galt nun zu warten, auf die Ereignisse, die noch kommen sollten. Gegen die Kälte half der alte Trick des Füßestampfens. Das spärliche Grün zu meinen Füßen war schon platt getrampelt. Ich beobachtete, wie ein Käfer langsam den letzten Atemzug tat, als er unter meinen Schuhen wieder auftauchte. In Stille entschuldigte ich mich für meine Unachtsamkeit bei Karl dem Käfer. Meine Trauer um das Insekt wurde unterbrochen, als der Bremer Roland erneut auf der Bildfläche erschien und rauchte. Wie gerne hätte ich jetzt auch eine geraucht! Meine Lungenflügel klatschten zur Bestätigung der Sucht freudig aneinander. Der Duft der frisch angezündeten Zigarette wehte zu mir herüber. Ich hielt es nicht mehr aus und griff in meine Hemdbrusttasche. Dort fand sich nichts. Ich fühlte lediglich die von der Kälte erhärtete Brustwarze unter dem Stoff. Die suchtbefriedigenden Nikotinstängel lagen im Auto. Ich konnte dem Mann dort nur aus der Ferne zusehen und damit meiner heutigen Primäraufgabe gerecht werden. In der Hosentasche fand ich noch eine Minisalami. Ich riss die Aluverpackung auf und warf sie ins Unterholz. Doch wurde der Plan, die Trauer um den Käfer und das suchtbedingte Selbstmitleid durch den Genuss der Wurst zu zerstreuen, unterbrochen, als die Tür des Seiteneingangs aufflog. Im Türrahmen erschien Lamberding. Ich steckte die Wurst in die Hosentasche.

„Roland, hol schon mal den Wagen!" „Alles klärchen!" Der Roland war ein rhetorisch begabter Zeitgenosse und ich nahm mir vor, von ihm nicht mehr als Bremer Roland zu sprechen. „Klärchen" war angebrachter. Ich machte mich nun auf den Rückweg, meine Tarnung gab mir die Sicherheit, dass ich nicht entdeckt werden konnte. Mein Rückweg erfolgte etwas tiefer in den Wald, ich wollte auf Nummer sicher gehen und keine Überraschung erleben.

Aus der größeren Tiefe des Waldes war dennoch deutlich zu erkennen, dass drei Gestalten vor der Haustür warteten. Ihre Stimmen drangen in Bruchstücken zu mir, somit bewegte ich mich weiter zu dem Zaun hin, ich war ja getarnt. Da erklang der Ruf: „Dort im Unterholz bewegt sich etwas, bestimmt eine Sau!" Es war Birnes Stimme. „Wolfi, hol deine Knarre, der verpassen wir eine." „Lass sein, Sigi, wenn ich das Vieh nicht treffe, haben wir den Salat und Roland muss die Fährte aufnehmen. Nicht war, Roland?" „Alles klärchen!", erwiderte der Angesprochene, der aus dem vorgefahrenen Auto ausgestiegen war. Ich erstarrte zur Salzsäule. Glücklicherweise schob sich just in diesem Moment eine Wolke vor den Mond, der zuvor die Dunkelheit erhellt hatte. Damit war ich unsichtbar geworden. Die Gesellschaft stieg in die Limousine ein und hatte damit anscheinend kein Interesse an der Erlegung einer Sau. Als sich die Türen schlossen, schoss ich in Richtung meines Beobachtungsfahrzeugs. Da der Waldweg zum Haupteingang des lamberdingschen Jagdanwesens einen größeren Bogen beschrieb, fuhr die Limousine, ohne die Geschwindigkeit zu verlangsamen, an mir vorbei, als ich den R4 erreichte. Hinter dem Lenkrad des Franzosen Platz nehmend, zündete ich den Viertakter und er sprang an. Das war nun verwunderlich, der Wagen war schon seit langer Zeit nicht mehr so oft hintereinander angesprungen. Die Pneus setzten sich durchdrehend in Bewegung, das Licht blieb aus. Ich war bisher nicht erkannt worden und so sollte es bleiben.

Die Fahrt führte wieder zurück in Richtung Havixdorf. Diesmal jedoch am Rande des Ortes über die zur Umgehungsstraße avancierte Kreisstraße. Ein Ziel, das es mir erlaubt hätte, mich, mit mittlerweile eingeschaltetem Licht, weiter zurückfallen zu lassen, war noch nicht sichtbar. Der Weg schien sich in der unendlichen Ländlichkeit des Münsterlandes zu verlieren. Zur Sicherheit schaltete ich das Licht immer wieder mal aus, wenn kein Gegenverkehr in Sicht war. So konnte ich das weit vorausfahrende Fahrzeug gut dabei beobachten, wie es von der Landstraße rechts abbog und dann verschwand. Adrenalin durchströmte meinen Körper. Nun war es wieder passiert, ich hatte sie verloren!

Das Licht des R4 flammte auf, aber die französischen rudimentären Lichtkegel streiften nur rechts liegende Wiesen und Ackerflächen. Der Wagen rollte langsamer, doch war mir nicht klar, wie und wo die vier verschwunden waren. Dass Scotty sie hochgebeamt haben konnte, schloss ich mit Sicherheit aus, die Enterprise war Lichtjahre entfernt, zudem in einem anderen Zeitkontinuum. Also mussten sie irgendwo abgebogen sein. Doch hier war nichts. Der Gedanke war noch nicht zu Ende gedacht, da fuhr ich schon an einer hohen Mauer vorbei. Aus dem Augenwinkel hatte ich eine schwach bunt beleuchtete Einfahrt wahrgenommen. Nur hier konnten sie hineingefahren sein. Ich fuhr an der Mauer vorbei, etwas weiter dahinter führte eine Feldeinfahrt auf ein Maisfeld. Dort war eine Parkmöglichkeit. Ich setzte mit Schwung rückwärts in das Maisfeld, damit ich für die Flucht nicht noch erst wenden musste. So war das Fahrzeug zwischen den Maispflanzen einigermaßen gut getarnt. Der Bauer würde es verschmerzen können, dass einige Stängel Mais abgebrochen wurden, es stand ja noch genug. Ich stieg aus und sah mich um. Dunkelheit und Stille, hier war nichts zu sehen und zu hören. Unberührte Natur, abgesehen von der extensiven Landwirtschaft, meine ökologisch orientierten Kommilitonen wären begeistert gewesen bei so viel produziertem Grün. Mir wäre eine Tankstelle, an der ich auch ein Bier hätte kaufen können, lieber gewesen. Es half nichts, wenn ich jammerte, ich musste observieren.

Ich machte mich auf zu der Mauer. Die paar Meter waren schnell zurückgelegt. Hier war eine alte Mauer aus Bruchsteinen, die früher hüfthoch war, durch Mauersteine aus Bimsbeton erhöht worden. Die Mauerkrone endete etwas über meinem Kopf. Ich befühlte die Krone und erschrak. Dort waren spitze Gegenstände in den Mörtel gesetzt worden. Hier sollte sich somit niemand hochziehen. Weiter vorne konnte ich das bunte Licht aus der Einfahrtsbeleuchtung scheinen sehen. Die Öffnung war vier bis fünf Meter breit, sodass ein Auto leicht hindurchfahren konnte. Die Öffnung bildete jedoch eine Art Schleuse. Vier bis fünf Meter von der Flucht der äußeren Mauer zurückspringend, war eine weitere Mauer errichtet. An dieser war die aus roten und einigen gelben Leuchten bestehende Quelle des Lichtes, die den Schriftzug „Zur Schulmeisterin" illuminierte. Ich linscherte weiter um die Mauer herum und sah zu meinem Entsetzen eine Überwachungskamera, deren Kontrollleuchte rot blinkte. Diese musste jeden aufnehmen, der durch die Einfahrt fuhr. Hier konnte ich also nichts erreichen. Doch konnte ich ohne Probleme an der Öffnung vorbeigehen, da die Kamera eben nicht die Straße ins Visier genommen hatte. Die Mauer führte an einem Entwässerungsgraben, der von einer Reihe Weidenbäume gesäumt wurde, vorbei. Die Bäume standen auf der der Mauer abgewandten Seite des Grabens. Unter den Bäumen führte ein schmaler Trampelpfad entlang. Auf diesem würden die Korbmacher im Winter die Weidenäste für die Kiepen der Münsterländer ernten. Auf diesem historischen Pfad schritt ich in der Dunkelheit an der Mauer entlang. Von dem Mond war nichts zu sehen. Über mir sah oder besser erahnte ich die langen, dürren Weidenäste und der finstere Wald an der Grenze des Auenlandes kam mir in den Sinn. Ich wusste, dass es keine Monster, Orks und Werwölfe gab. Doch zuckte ich entsetzt zusammen, als ich in der Ferne das Heulen eines Hundes gehört haben wollte. Vorsichtig ging ich voran. Etwas berührte meinen Kopf. Ich schlug um mich und erwischte einen hängenden Zweig, den ich direkt abriss und in die Tiefe warf. Der konnte mir nicht mehr gefährlich werden. Mein Herz pochte wild. Machte dies einen Sinn? Ich hatte mich schon auf den Abbruch der Operation eingerichtet, da sah ich ein Licht schimmern. Ein Licht in der Dunkelheit, das war meine Rettung. Ich bewegte mich vorsichtig auf das Licht zu und erkannte, dass die Mauer endete und nun ein Blick auf das Gebäude dahinter zuließ. Ich sah schwach erleuchtete Fenster. Ein Durchblick war nicht möglich, da innen rote Vorhänge vorgezogen worden waren. Das Gebäude endete mit der Rückseite. Dort waren auch Vorhänge vorgezogen, jedoch nicht so akribisch. Ich konnte bei zweien der Fenster einen deutlichen Spalt erkennen. Insgesamt war von hier aus ein großer Teil des Grundstücks einzusehen. Ich erkannte das Auto, das ich verfolgt hatte. In dem Auto meinte ich hinter dem Steuer eine rauchende Person sehen zu können. Das konnte nur Klärchen, der wackere Roland, sein. Das Gebäude erinnerte mich an eine alte Dorfschule, es fehlten nur noch die bunten Kinderbilder an den Fenstern. Mein Mut war zurückgekehrt, und getragen von der Neugierde entschloss ich mich, den tiefer liegenden Graben zu überqueren. Ich watete durch kniehohes Gras auf den Grund herab und überschritt den kleinen Bach. Auf der anderen Seite führte mich der Aufstieg in ein Maisfeld. Dies musste das Feld sein, in dem auch Susannes R4 parkte. Also konnte ich hierdurch auch meinen Rückzug antreten. Jetzt war es jedoch noch zu früh. Durch die dichten Reihen des Maisfeldes führte mich mein Weg genau zur Rückseite der alten Schule.

Zwischen der Schule und dem Maisfeld war ein alter Stacheldrahtzaun, der von Gestrüpp und hohem Gras überwuchert wurde. Ich trat in dieses Dickicht und sprang zurück. Das Gestrüpp hatte Dornen. Somit musste ich zuerst einen Weg bahnen und etwas von dem Gestrüpp niedertrampeln. Ich schwang ein Bein über den Zaun, der doch höher als angenommen war, und verlagerte das Gewicht meines Körpers. Ein Stachel des Zaunes fand seine Bestimmung und stach an eine Stelle, die sehr empfindlich war. Ich konnte nur hoffen, dass der Rost, der dem Stachel vermutlich anhaftete, keine Blutvergiftung auslösen würde. Ich hatte nun schon die Orks und Monster überwunden, dann würde ich auch diesen Schmerz mit Heldenmut wegstecken. Mit diesen Gedanken betrat ich das Grundstück der Schulmeisterin.

Das rot durch die Fenster dringende Licht wies mir den Weg. In gebückter Stellung sicherte ich die Umgebung. Klärchen war noch an seinem Platz. Ich hörte Musik aus dem Wagen schallen. Er war damit für Umgebungsgeräusche nicht besonders anfällig. An der anderen Hausecke warf ich einen vorsichtigen Blick in gähnende Dunkelheit. Hier leuchteten keine Fenster. Damit schien meine Neugierde ihre Befriedigung finden zu können. Ich gebückter Haltung arbeitete ich mich zu dem ersten Fenstersims vor, der einen Einblick zulassen sollte. Am Fuße der Hauswand lag etwas lockerer und nasser Mutterboden. Ich nahm etwas davon in die Hand und erneuerte meine Gesichtstarnung, damit mein heller Teint nicht zu schnell entdeckt werden konnte. Nun war es so weit. Ich blicke nochmals zurück, um mir den potenziellen Fluchtweg zu merken, und richtete mich dann auf. Ganz langsam schob ich mein Blickfeld über den Fenstersims.

Dort stand ein Mann, nackt! Hinter ihm eine Frau in einem durchsichtigen, dünnen roten Kleid und umschlang die schmale Brust des mir völlig unbekannten Mannes. Wer war der Typ und war das hier ein Puff? Ich hatte ja nun keine anderen Autos neben Klärchen sehen können. Somit lag der Verdacht nahe, dass der Typ der MdL war. Ich prägte mir das schmale Gesicht mit der langen Nase gut ein. War Birne vielleicht hinter dem anderen Fenster zu sehen? Nun war meine Neugierde noch gestiegen. Was konnte ich dort erwarten? Mit einem Schritt hatte ich den Sichtbereich des Fensters links liegen gelassen. Das nächste Fenster war fest verschlossen. Ich konnte nichts erkennen. Also musste ich weiter vorschleichen. Ich wurde langsam müde, zudem war mir kalt, dennoch wollte ich es hier noch einmal versuchen. Ich zog mich am nächsten Fenstersims langsam in die Höhe.

Die Müdigkeit verschwand schlagartig und die Durchkühlung war vergessen, als ich den ersten Blick in den Raum werfen konnte. Auf einem roten Plüschbett oder was es sonst sein sollte, lag auf dem Rücken liegend ein nackter Mann, dessen Kopf mir zugewandt war. Auf seinem Schoss saß eine Frau mit einem durchsichtigen roten Kleid oder was das sein sollte. Das rudimentäre Kleidungsstück ließ ihre Brüste unbedeckt. Mir fiel nun, nachdem die ersten Bilder in meinem Kopf angekommen waren, auf, dass die Dame nicht saß, sie ritt auf dem Schoß des Mannes und rutschte dabei immer von dessen großem runden Bauch herunter. Der Mann war Birne, Körperform und Haarfarbe waren eindeutig. Weitere Einzelheiten wurden klar. Etwas weiter hinten saß Gandalf in einem Sessel, auch nackt. Er sah Birne zu! Vor ihm kniete eine junge Frau, nur mit schwarzen Strümpfen bekleidet, und hatte ihren Kopf über seinen Schoss gebeugt. In mein Ohr drang ein Lachen. Gandalfs Mund öffnete sich und ich konnte deutlich hören, wie er rief: „Celin, mach mir den Sigi nicht kaputt, der hat schon einen ganz roten Kopf." Den hatte ich mittlerweile auch. Nun war ich sicher: Das hier war ein Puff. Celin unterbrach ihren Ritt. „Möchtest du zu mir kommen, Wolfi?", sprach sie deutlich sächselnd. Der Dame, die vor ihm kniete, gab er einen Stoß, sodass sie hinfiel. Ihr ängstlicher Blick streifte meinen. Ihr Mund formte ein stummes „Oh!". Die Bilder waren zu exotisch und unterdrückten meine Angst, entdeckt zu werden. „Jacqueline! Hör auf, wir wechseln." Gandalf richtete sich auf. Birne drehte sich zur Seite. Nun tauchte ich ab. Das war hier ja wie in Sodom. Am Fuße der Hauswand ließ ich mich nieder. Nun, nachdem sich meine Ohren auf die gedämpften Geräusche eingestellt hatten, konnte ich alles gut verstehen, was dort gesprochen wurde. Wobei nicht viel gesprochen wurde. Es waren ehr Wörter ohne Zusammenhang, wie „ja, ja", „uh, oh" oder „weiter, weiter". Ich saß nun hier und dachte an Sally aus „Harry und Sally". Mein Interesse wurde dadurch jedoch nicht gestillt. Nach einiger Zeit wurde es ruhiger. In der Ferne erklangen die Glocken eines Kirchturms und kündigten Mitternacht an.

Erkenntnisse

Samstag, 21. September

Ein neuer Tag begann. Nun war es an der Zeit, den Erkenntnis-durchbruch zu erlangen. Ich richtete mich vorsichtig auf und sah direkt in das Gesicht einer der Damen. Ihr Mund formte ein stilles „Oh!" und dann anders als Jacqueline vorhin. „Da, da, ein Neger, der spannt!" Ihr Zeigefinger zeigte in meine Richtung. Welchen Farbigen wollte sie gesehen haben? Ich sah mich schnell um. In dem Zimmer sprangen die träge gewordenen nackten Männer auf und stürzten auf das Fenster zu. Ich stürzte zu Boden, aus dem direkten Sichtfeld heraus. Von drinnen war eine schreiende sächselnde Stimme zu hören: „Dimitrie, lass den Hund raus." Den Hund! Nun musste ich verschwinden. Mit wenigen Schritten war ich am Stacheldrahtzaun und schwang mich hinüber. Begleitet wurde dieses durch ein reißendes Geräusch und einen Schmerz an der Innenseite meines Oberschenkels. Wieder hatte mich ein Stachel erwischt. Diesmal war es bestimmt schlimmer. Gleichzeitig bellte ein Hund infernalisch. Die Bestie wurde losgelassen. Ich verspürte einen deutlichen Harndrang. Dennoch stürzte ich mich in das Maisfeld und durchbrach die Reihen in der Hoffnung, dass die Bestie mich nicht mehr finden würde. Hinter mir war der Hund zu hören. Ein Befehl erschallte: „Roland! Hol mir das Gewehr!" Nasse Mais-stängel streiften mich, klatschten in der Dunkelheit ins Gesicht, der Atem ging panisch unrhythmisch, Seitenstiche setzten ein. Zukünftig würde ich mehr Sport betreiben.

Nur noch der Hund war zu hören. Und dann der Schuss! Ich stürzte. Die Arme im Mais verfangen, landete ich, auf der Seite liegend, im Unkraut des Feldes. Der dicht stehende Mais hatte meinen Sturz gebremst. Dennoch durchzuckte ein höllischer Schmerz meine Schulter. War ich getroffen worden? Mir blieb keine Zeit, dies zu überprüfen, der Hund stürzte sich bereits auf mich. Er riss sein Maul auf. Die Einsicht, dass ein Tier, das auf Spanner abgerichtet war, sein Ziel im Phallus des Mannes suchen würde, sprang mir ins Bewusstsein. Das Tier stieß jedoch die Nase in meine Hosentasche. Dort war die Salami! „Braver Hund, komm, ich habe Leckerchen für dich!" Hoffentlich verstand mich das Vieh. An der nassen stoßenden Nase vorbei steckte ich meine Hand in die Hose und fand die Wurst. Diese zog ich blitzschnell aus der Tasche und ließ den Hund daran schnuppern. Er wollte die Wurst direkt verspeisen. Doch mit einem Wurf beförderte ich diese in den nachtschwarzen Himmel. Das Tier stürzte bellend in Wurfrichtung davon und ich in entgegengesetzter Richtung weiter. Wo war ich? Mein Puls machte mindestens schon 200 Schläge in der Minute, meine Schulter schmerzte höllisch, die Kugel musste noch stecken. Ich lief, stolpernd, richtete mich auf und stolperte erneut, lief weiter, Mais, überall Mais, und dann ein abrupter Stopp. Ich war gegen etwas Hartes gelaufen. Benommen erkannte ich R4-typische Stilelemente. Ich hatte meinen Fluchtwagen gefunden.

Mit keuchendem Atem schloss ich die Tür auf und ließ mich auf den Fahrerinnensitz fallen. Nun konnte ich eine gründliche Anamnese der höllisch schmerzenden Schulter vornehmen. Die erste Diagnose war: Kein Blut! Damit schloss ich eine Schussverletzung aus. Glück gehabt. Ich bewegte den Arm, der Schmerz war zu ertragen. Nun war der Oberschenkel dran. In der Dunkelheit konnte ich nichts sehen. An meinem Finger fühlte ich etwas. Vielleicht Blut. Die Süße des Blutes wurde durch die Geschmacksknospen meiner Zunge bestätigt. Ich blutete! Panik machte sich breit. Hektisch fühlte ich erneut mit dem speichelnassen Finger, diesmal schmeckte ich keine Süße, damit floss nicht viel Blut. Ich konnte davon ausgehen, dass nichts gebrochen war und ich nicht verbluten würde. Es würde wieder werden.

Nun war es an der Zeit, Bilanz zu ziehen! Was hatte ich rausgefunden? Das Havixdorfer Dreigestirn verstand sich so gut, dass es zusammen in den Puff ging. Gandalfs Bedienstete waren ihm treu ergeben und vor ihm musste ich mich in Acht nehmen. Aber was war ihr Primärziel? Der MdL hatte den Schulneubau in Havixdorf forciert und Birne änderte die Ausschreibungen so, dass Gandalf die Aufträge erhielt. Doch der war dann ja immer der Günstigste. Wo war da der Vorteil? Die Gemeinde Havixdorf bekam immer den besten Preis. Also verlor doch Gandalf Geld! Wo war der Vorteil für die drei? Wäre Gandalf immer der Teuerste gewesen, dann wäre der Vorteil zu erkennen gewesen. O.k., bei der Ausschreibung der Zimmerarbeiten hatte Birne zwei Angebote ausschließen müssen, da die nicht gewertet werden durften. Da hatte Gandalf einfach Glück gehabt. Mein Ziel des Erkenntniszuwachses war implodiert. Ich musste für heute abbrechen.

Den Schlüssel im Zündschloss drehend, sollte der Wagen anspringen. Doch nun geschah das, was ich in all den Stunden erwartet hatte. Der Motor blieb still. Nicht jetzt! Ich war total k.o. und wollte nur noch nach Hause. Ich versuchte es erneut. Meist sprang er nach drei bis vier Versuchen an. Nach dem fünften Versuch öffnete ich die Motorhaube und beschwor dieses Meisterwerk der Maschinenbauingenieurkunst, doch noch anzuspringen. Meine Beschwörungen wurden nicht erhört. Der Motor blieb stumm und die Energie der Batterie verstummte auch von Mal zu Mal mehr. Sollte ich hier bis zum Morgengrauen sitzen bleiben? Ich hatte nichts mehr zu trinken und zu essen. Hier konnte ich nicht bleiben. Ich würde verdursten und verhungern. Aber in welche Richtung sollte ich laufen? Zurück nach Havixdorf war zu gefährlich, dann fanden mich womöglich noch die Halunken. Bevor ich aufbrechen wollte, musste ich noch etwas Kraft tanken und ließ mich tiefer in den als Fahrerinnensitz getarnten Campingstuhl sinken.

Ich schreckte auf und fühlte etwas Nasses auf meiner Brust. Regnete es schon wieder? Draußen war alles ruhig. Ich musste eingeschlafen sein und aus dem schlafgeöffneten Mund war Speichel geflossen. Wie lange hatte ich geschlafen? Nach der Größe der Speichelpfütze zu urteilen, mindestens eine halbe Stunde. Stöhnend stieg ich aus. Jeder Knochen schmerzte mir. Aber es half nichts. Bruce Willis stand auch immer auf, egal wie er aussah. Ich wand mich in Richtung Vool. Vielleicht konnte ich bei Ede den Rest der Nacht verbringen.

So trottete ich einige Zeit am Rand der Landstraße entlang. In mein Ohr drang das typische Geräusch eines VW-Käfers. Das war meine Chance, vielleicht nahm mich der Fahrer mit. Die Hand zum internationalen Zeichen erhoben, dass ich eine Mitfahrgelegenheit suchte, fuhr der Wagen in der Dunkelheit langsamer werdend an mir vorbei. Scheiße! Nach diesem Gedanken sah ich dann jedoch die schwachen Bremsleuchten des Autos aufschimmern und die Beifahrertür öffnete sich. Eine weibliche Stimme rief: „Los, komm!" Ich spurtete los, so gut es in meinem angeschlagenen Zustand ging. „Hallo, das ist ja super, dass Sie mich mitnehmen!", jubelte ich, den Kopf durch die Tür steckend, und stockte. Ich roch LouLou und sah Jacqueline, die Dame von vorhin. Ich erkannte sie trotz der schwachen Innenraumbeleuchtung eindeutig. Sie vernahm mein Zögern, grinste aber.

„Bist du nicht der Spanner?"

„Ich war nicht zum Spannen da!", polterte ich im Brustton der Überzeugung und bestätigte damit ihren Verdacht.

„Nun egal, jetzt setz dich. Wo willst du denn hin?"

„Ich wollte nach Holzhausen, zu einem Freund. Fährst du da her?"

„Ja, kein Problem, ich fahre nach Gronau. Da komme ich dort vorbei." Sie setzte den Wagen in Bewegung.

„Ich war wirklich nicht zum Spannen da!", versuchte ich mich in einer Wiederholung meiner Rechtfertigung. „Ich habe die drei Herren observiert."

„Bist du ein Bulle?!"

„Ne, die drei haben da was am Laufen und ich will wissen, was das ist."

„Ne, das kannst du vergessen, das sind drei besonders Wichtige, aus dem Kaff da hinten." Das „besonders Wichtige" spuckte sie verächtlich aus und ihr Kopf ruckte zurück, um das „da hinten" zu verdeutlichen. „Die reden nur über eine Schule, die neu gebaut wird."

„Ja, das ist ja das Ding, das da läuft."

„Kleiner, da läuft gar nichts. Die reden nur darüber, was noch zu ändern ist und welche Mehrkosten daraus entstehen. Dabei haben der Dicke und der Arsch einen Riesenspaß. Nur eins ist bestimmt ein Geheimnis, darüber haben die drei sich vor einiger Zeit schon mal amüsiert."

„Was denn?"

„Der Dicke erzählte ganz stolz, dass das letzte Kind von meinem Bürgermeister von ihm sei." Das war ja der Hammer! Diese Information war bestimmt noch wichtig.

„Von deinem Bürgermeister, kennst du den?"

„Na klar. Ich besuche ihn immer, wenn seine Frau nicht da ist. Neulich habe ich ihm das schon erzählt, das mit dem Kind seiner Frau von dem Dicken. Aber er wusste es schon. Er ist trotzdem total sauer geworden. Der hätte mir eine geschmiert, wenn er nicht gefesselt gewesen wäre. Der steht auf Fesseln. Ich habe ihn dann einfach gefesselt in seinem Bett gelassen."

„Mann, Mann, Mann, du erzählst ja Sachen!" Doch wollte ich das Thema nicht vertiefen und ihr meine Sicht der Dinge schildern. Deshalb erwiderte ich nur: „Na, dann bin ich mit den dreien vielleicht doch auf der falschen Fährte." Mir war noch nicht ganz klar, was das alles bedeutete, aber Jacqueline wusste anscheinend nicht mehr. Nur war jetzt klar, warum ich den Bürgermeister befreien musste. Meine Mundwinkel zogen sich trotz der Strapazen nach oben.

„Mach dir nichts draus. Du solltest auch nicht weiter nachforschen, der Arsch kann ziemlich unangenehm werden."

„Wer ist denn der Arsch?"

„Du hast es doch gesehen, der mich umgestoßen hat."

„Ach der, ich nenne ihn Gandalf."

„Was ist das denn für ein Name?" Ich erklärte ihr nun, woher der Name Gandalf kam, und geriet dabei in einen Monolog, der mich erst enden ließ, als das grüne Ortsschild Holzhausens im Licht des Scheinwerfers auftauchte.

„Hier kannst du mich rausschmeißen. Und bitte erzähl nichts von mir."

„Na hör mal, warum sollte ich einem Arsch was erzählen? Du kannst mich ja mal besuchen, ich bin immer mittwochs bis freitags da."

„Danke für die Einladung."

„Das ist keine Einladung. Das ist Kundenwerbung." Meine Ohrspitzen wurden rot und ich stieg aus.

„Danke nochmals fürs Mitnehmen." Ich schlug die Tür zu und der Käfer fuhr weiter.

Jetzt stand ich in Holzhausen und wusste nur ungefähr, wo Ede wohnte. Sein Elternhaus lag am Ortseingang und hatte eine große Tenneneinfahrt und im Garten sollte eine Fahne von Borussia Mönchengladbach hängen. Ich hatte Glück, die Wolkendecke riss auf und das Licht des Mondes leuchtete Holzhausen aus. Ich sah mich um und sah die gesuchten Merkmale. An der Haustür stockte ich. Wenn die Klingel des Hauses erschallen würde, dann wären alle Bewohner wach. Das war nicht optimal. So schlich ich um das Haus herum und sah den schwarz-weißgrünen Fanschal aus dem offenen Fenster baumeln. Wie sollte ich den Mann nun wach bekommen? Ich sah mich nach Steinchen um, die ich ins Zimmer werfen konnte, und entdeckte eine Leiter im Gras. Diese war gerade geschosshoch, es war bestimmt eine Leiter zum Ausweiden von geschlachteten Schweinen, da ich das Blut noch roch. Damit kam ich nicht hoch genug und musste ins Zimmer reinrufen. Es dauerte etwas, bis ich Ede wach bekam. Er war gastfreundlich und bot mir einen Schlafplatz für den Rest der Nacht an. Ich erzählte ihm noch etwas über mein nächtliches Abenteuer und schlief schnell ein.

Montag, 23. September

Ich war aufgewacht mit der Frage: Was wollte ich denn nun? Birne erhielt eine Belohnung. Die wollte ich auch haben. Also musste ich ihn darauf ansprechen, meine schwachen Erkenntnisse offenlegen und etwas fordern. An diesem Montag sollte es dazu kommen, hatte ich mir am Wochenende fest vorgenommen. Die Gelegenheit war günstig, da Möhre noch nicht wieder da war und ich somit vertraulich mit Birne reden konnte.

Ich war somit schon früh im Amt erschienen und hatte schon Kaffee gekocht. Wenn er den frischen Duft von Kaffee roch, war er immer etwas besser aufgelegt. Und ich hatte Glück, er kam schon pfeifend ins Büro.

„Guten Morgen, Beermann, na, hast du ein schönes Wochenende gehabt?" „Na geht so." Ich musste jetzt handeln.

„Kann ich Sie gleich mal sprechen, ist etwas Persönliches."

„Ja, komm gleich zu mir, ich will nur erst noch ein, zwei Telefonate erledigen." Er nahm sich einen Kaffee und verschwand, türschließend, im Büro. Ich wurde immer nervöser, wie sollte ich es ihm sagen, direkt oder umschrieben? Ich entschied mich, mein Anliegen zu umschreiben. Vielleicht wurde seine Reaktion dadurch abgemildert.

Nach einer halben Stunde öffnete er seine Tür und rief mich herein.

„Herr Gutmann, ich ...", ich stockte, die richtigen Worte waren schwer zu finden, ohne dass es hier im Büro eskalierte. Meine Hände waren schweißnass.

„Nun raus damit, was hast du auf dem Herzen, Beermann?"

„Mir fällt es schwer, die richtigen Worte zu finden."

„Mensch, Beermann, wir sind doch die Männer vom Bau, da sagt man, was man denkt." Nun gut, dann so.

„Also, Sie haben doch vor einiger Zeit eine Belohnung von Herrn Lamberding erhalten." Birne sah mich an.

„Was habe ich?"

„Sie erhielten eine Belohnung von Herrn Lamberding. Ich könnte auch eine gebrauchen."

„Woher weißt du das?" Damit hatte er es schon zugegeben, ich hatte ihn überrumpelt und er war noch nicht ausgeflippt. Das war der erste Erfolg.

„Nun, in der Nacht, als Sie diese erhielten, war ich auf dem Parkplatz und schlief im Auto. Ein Geräusch weckte mich und dann habe ich Sie gesehen und gehört." Birnes Gesicht war zuvor angespannt gewesen, aber nun zeigte sich ein Lächeln.

„Ja mein Junge, so einfach ist das nicht. Das war mein Gewinn aus dem Spielcasino. Ich habe doch davon erzählt."

„Entschuldigung, Herr Gutmann, aber das glaube ich langsam nicht mehr!" Das Lächeln verschwand und Röte mischte sich in seinen blassen Teint. Die Röte wandelte sich in Zornesröte und der Sturm begann.

„Willst du Nichts, du Wurm, etwa behaupten, dass ich lüge?! Mir unterstellen, ich würde Dinge erfinden? Willst du mir unterstellen, dass ich korrupt wäre? Du Anfänger, du Dreikäsehoch, du hast doch keine Ahnung!"

Die Zornesröte war den Hals hinuntergekrochen, er sah aus, als würde er gleich platzen.

„Sieh zu, dass du an deine Arbeit kommst! Und jetzt raus."

Ich wusste, jetzt gab es nur eine Lösung: mit gleicher Lautstärke zurückbrüllen. Auch wenn mir die Resonanz des Brustkorbes fehlte, so musste ich alles geben.

Ich brüllte: „Glauben Sie tatsächlich, ich wäre so dumm, wie Sie es neulich auf der Toilette verkündet haben? Ich weiß noch nicht genau, was Sie vorhaben, aber Sie drei sind ein interessantes Team, das sogar zusammen in den Puff geht." Birnes Zornesröte verschwand. „Der Donnerkeil, Lamberding und Sie drehen doch an den Auftragsvergaben. So viel weiß ich schon und das reicht, um mit unserem Bürgermeister zu sprechen. Weiß er eigentlich, dass Sie der Vater seines Kindes sind?"

„Mann, Beermann, halt die Klappe. Woher weißt du das?" Es hatte funktioniert. Auch wenn ich fast alles auf eine Karte gesetzt hatte, so war Birne gezähmt. Er stützte den Kopf in die Hände. „Mann, du weißt gar nicht, wie das ist, die beiden anderen haben mich voll im Griff. Ich kann nicht anders." Na, das konnte er mir ja ruhig erzählen. „Ich muss mit Lamberding reden, ich denke, ich kann da was für dich erreichen. Das geht aber nur, wenn du die Klappe hältst!"

Ich hielt die Klappe und der Rest des Tages war etwas einsilbig. Bürgermeister Grobmeier rief mich jedoch noch zu sich. Wie immer saß er an seinem Schreibtisch, die Flasche Rotwein stand auf dem kleinen Beistelltisch, war aber noch nicht geöffnet.

„Sie haben auf mich ja einen verlässlichen Eindruck gemacht. Zudem haben Sie gezeigt, dass Sie verschwiegen sein können. Das sind Eigenschaften, die man nicht bei jedem hier im Hause vorfindet. Deshalb möchte ich Sie mit einer etwas delikaten Aufgabe betrauen. Es ist zu erkennen, dass unsere Gemeinde immer weiter wächst. Der Zustrom von Menschen aus Münster, die hier wohnen wollen, weil sie das Landleben schätzen, wird immer größer. Für diese Menschen brauchen wir Raum." Den letzten Satz hatte ich schon mal gehört und er erzeugte ein schlechtes Gefühl. „Diese Aufgabe können wir nur bewältigen, wenn unsere Bauverwaltung den Raum schafft. Es müssen also neue Baugebiete geplant und erschlossen werden, die Infrastruktur hier im Dorfkern muss verbessert werden, ein Lebensmitteldiscounter hat wegen eines neuen Standorts an der Umgehungsstraße angefragt. Also viele Aufgaben."

„Da kann ich aber nicht helfen, ich möchte einmal Statiker werden. Mit Bebauungsplänen und so etwas kenne ich mich gar nicht aus."

„Lieber Herr Beermann, das weiß ich doch." Er lachte mich väterlich verständnisvoll an. „Ich habe nur den Eindruck, dass Herr Gutmann, der Gute ..." Er lachte über seine Wortspielerei. Mir war nicht nach Lachen zumute. „... mit unseren Hochbauaufgaben mehr als ausgefüllt ist."

„Ja, das könnte sein."

„Sehen Sie, Sie haben sich schon ein Bild gemacht. Ich schätze Sie schon ganz richtig ein, Sie sind ein Querdenker!" Was war denn nun ein Querdenker? Ich dachte eher geradeaus.

„Sie sollen sich einmal Gedanken machen, ob wir aus unserem Bauamt nicht besser ein Gebäude- und ein Bauverwaltungsamt machen. Ich könnte mir vorstellen, dass Herr Gutmann als Architekt glücklich wäre, wenn er nichts mehr mit dem Straßenbau und dem anderen Zeug zu tun hätte."

„Kann ich das denn beurteilen?"

„Sie sollen sich nur Gedanken machen, ob das hier bei uns möglich wäre. Sehen Sie sich dazu genau um und in vierzehn Tagen reden wir wieder darüber."

„Ja, das mache ich natürlich gerne für Sie." Damit wurde ich offiziell beauftragt, einmal tiefer nachzuforschen.

Ich öffnete die Bürotür und Birne rief: „Beermann, komm mal

her." Ob er schon eine Antwort für mich hatte?

„Wo warst du?" „Der Bürgermeister wollte mich sprechen." Birnes Gesichtsfarbe wurde blasser.

„Was wollte der denn? Hast du die Klappe gehalten?" „Ja klar, wird beide ziehen doch an einem Strang."

„Na, ob das der gleiche ist, weiß ich noch nicht. Ich habe mit Lamberding telefoniert. Er will dich sprechen. Nicht heute. Am Samstag gehen wir alle zu seiner traditionellen Treibjagd. Da sollst du hinkommen und mitmachen."

„Ich kann aber gar nicht schießen!"

„Du sollst auch nicht schießen, du bist ..." Er stockte. „... du bist ein Treiber!"

Mittwoch, 25. September

Die Treibjagd ging mir nicht aus dem Kopf, ich hatte ja erlebt, das Gandalf schnell mit der Flinte war. In den letzten beiden Nächten hatte ich Albträume von Steckschüssen in den Rücken. Mein Mut war wie der Schnee im Frühjahr dahingeschmolzen. Meine Zweifel, ob der Plan, auch meinen Reibach zu machen, richtig war, war deutlich gewachsen.

Ein unangenehmer Termin an diesem Morgen war zu allem Überfluss zusätzlich einschüchternd. Ich musste zur Polizei wegen der Sache mit dem Dope. Vielleicht sollte ich dort die Hosen runterlassen.

Pünktlich erschien ich an der Pforte zum Polizeipräsidium am Ring. Ich hatte die Vorladung dabei und zeigte sie dem Pförtner. Nachdem ich den Metalldetektor passiert hatte, wurde ich in einen Wartebereich im Flur gesetzt. Nach einer Stunde Wartezeit, was bestimmt reine Zermürbungstaktik war, lief ein gut gekleideter, vielleicht vierzigjähriger Mann über den Flur.

„Entschuldigung, ich warte hier schon seit einer Stunde auf meinen Termin. Können Sie mir sagen, wann ich drankomme?"

Ich reichte ihm die Vorladung.

Er blickte auf das Papier und erwiderte: „Kommen Sie einfach mit mir mit. Ich bin Staatsanwalt Wolfram Scherer und kann das eben erledigen. Die Kollegen mussten wegen eines dringenden Einsatzes alle aus dem Haus." Ich folgte ihm.

„Nun, junger Mann, Sie sind da ja in eine unangenehme Situation geraten. Woher hatten Sie denn die Drogen? Wer hat Ihnen die denn verkauft?"

„Ich habe die nicht gekauft! Ehrlich."

„Na, vom Weihnachtsmann wird das Zeug aber auch nicht sein. Wenn Sie nun kooperativ sind, werde ich die Anzeige wegen Geringfügigkeit einstellen können."

„Ich will Ihnen gerne die ganze Geschichte erzählen!" Ich begann mit meinem Bericht, so, wie Georg es mir empfohlen hatte. Der Staatsanwalt schrieb handschriftlich mit.

„Na, die Geschichte ist ja nicht unbedingt glaubwürdig. Wann war denn das am Hafen, um wie viel Uhr?"

„Das war so im Frühjahr irgendwann."

„Sie können sich nicht ..." Das Telefon läutete und er nahm den Hörer ab. Ich hörte mit.

„Schön, dass du dich mal wieder meldest. ... Ne, ich habe Kundschaft." Er lachte. „Was macht ihr? Eine Treibjagd! ... Am Samstag, und dann rufst du jetzt erst an! Jutta hat für Samstag Karten für eine Vernissage, da muss ich mit, sonst habe ich ein echtes Problem. ... Du weißt schon, wegen der letzten Aktion. ... Ich muss jetzt Schluss machen. ... Und Wolfi ..."

Ich hörte nur noch Wolfi und Treibjagd am Samstag. Mein Mund wurde trocken und ich spürte, wie mein Blut aus meinem Gesicht wich.

„Ist Ihnen nicht gut?", fragte er und legte den Hörer auf die Gabel. „Sie sehen ja auf einmal so blass aus."

„Ne, ne, ich war heute Mittag in der Mensa und es gab Fisch."

Er lachte schallend.

„Ja dann sind Sie ja selbst schuld. Unterschreiben Sie hier." Ich unterschrieb schnell.

„Ich denke noch mal darüber nach. Vielleicht werden wir das Verfahren irgendwann einstellen, aber lassen Sie die Finger von dem Zeug und nun raus hier, sonst kotzen Sie mir noch das Büro voll. Rufen Sie mich am Montag noch mal an."

Ich machte mich zügig auf den Weg, direkt zu einer nahe gelegenen Kneipe, und bestellte dort einen doppelten Tequila. Als ich diesen spürte, kamen die Lebensgeister wieder zurück. Das konnte doch nicht wahr sein, Gandalf hatte Kontakte bis zur Staatsanwaltschaft! Gut, dass ich die drei nicht angezeigt hatte, das wäre im Sand verlaufen. Der Gedanke war mir zwischenzeitlich einmal in den Sinn gekommen. Nun war ich sicher: Meine Forderung nach einer Belohnung war berechtigt.

Mit diesen Gedanken fuhr ich später zur FH. Dort saßen meine Erstsemester Ulf, Tom und Ede in der Cafeteria an einem Tisch und hatten ein Kartenspiel vor sich liegen. „Hey, Adrian, spielst du mit uns, uns ist gerade der vierte Mann abhanden gekommen." Ich hatte mir aus einem Automaten einen dieser Möchtegernkaffees geholt und setzte mich zu den Kommilitonen. Die drei waren die Richtigen, um mir mein Erlebnis mit dem Staatsanwalt von der Seele zu reden. „Mann, Mann, Mann, mir ist was passiert, ich war eben bei einem Staatsanwalt." „Was hast du denn verbrochen?" Ich nahm die Karten auf, die Tom verteilt hatte. „Ach, das ist es nicht, was mich fertigmacht. Die haben mich nur mit einem Krümel Dope erwischt." Tom sah mich mitleidig an. „Ach, so was stellen die meistens ein. Hochzeit, erstes Fehl in fremder Hand. Adrian, nun penn nicht, du kommst raus!" Ich schleuderte ein Kreuzass auf den Tisch. „Ne, das ist es nicht, ich glaube, der Staatsanwalt ist ein Kumpel von einem Bauunternehmer, mit dem ich ein Problem habe." Ede warf einen Fuchs auf den Tisch. „Pech, Jungs, ich will Tom heiraten. Da musst du aufpassen, hier in Münster hängen einige Leute eng zusammen und einer hilft dem anderen. Solche Leute sind ganz dick miteinander. Wenn der jetzt etwas gegen dich hat, der Bauunternehmer, meine ich, dann wird aus dem Krümel schnell ein Kilo." Ulf strich den Stich mit einem Kreuzbuben ein. Ich sah mir meine Karten noch mal an. Von dem Fehlkreuz hatte ich fast alle, da hätte ich besser mein Pikass gespielt. Aber heute war anscheinend nicht mein Tag. Ulf warf die nächste Karte, ein Pikass, und ergänzte: „Wie ich bereits sagte, sei vorsichtig, Kollege, mit denen ist bestimmt nicht zu spaßen!" „Mann, Ulf, Adrian hat doch auch Freunde. Mach dir keine Sorgen, wenn du Hilfe brauchst, ruf einfach an", bot mir Ede an. „Ich helfe dir auch gerne", solidarisierte sich Tom. „Sieh mal, ich habe sogar eine Pistole!" Er presste Ulf ein kurzes Kupferrohr in die Seite. „Hände hoch und Kohle raus!" Ulf schreckte auf. „Lass den Scheiß!", fauchte er Tom an. „Danke, Jungs." Der Nachmittag kostete mich sechs Mark, die anderen waren alle im Plus.

Samstag, 28. September

Es war so weit, an diesem Tag sollte die Treibjagd stattfinden. Bei der weidmännischen Kleiderwahl hatte ich mich für meine roten Wanderschuhe, blaue Jeans und meine Secondhand-Rudi-Dutschke-Gedächtnis-Lederjacke entschieden, die nicht nur braun und wasserabweisend war, sondern auch noch wärmte. Leider hatte ich keine jagdtaugliche Kopfbedeckung.

Treffpunkt war die lamberdingsche Jagdhütte, Birne hatte mir den Weg noch geschildert. Ich hatte ihm nicht verraten, dass ich schon dort gewesen war. Also war ich mit dem Benz aufgebrochen zu meiner ersten Treibjagd. Ich ging eigentlich ganz gerne in den Wald, und wenn die dort etwas herumballerten, dann war das nicht mein Problem. Abends würde es sicherlich auch noch was Gutes zu essen geben. Ich sprach mir Mut zu.

Ich parkte dort, wo der R4 auch gestanden hatte. Dann konnte ich mir auf dem kurzen Rest des Weges ein Bild von dem Treiben auf dem Hof des Anwesens machen. Als ich den Wagen verließ, ertönten schon die ersten Jagdhörner. War ich zu spät? Hinter der Biegung des Weges, die das Haus vor neugierigen Blicken schützte, führte eine etwas längere Gerade direkt auf das schmiedeeiserne Tor des Hofes zu. Ich sah einige Gestalten auf dem Hof herumspringen. Ich erkannte Klärchen und den Ersten. Es war auch deutlich zu erkennen, dass sich die Jagdgesellschaft noch sammelte.

Ich betrat den Hof. Das Tor quietschte etwas, was die Aufmerksamkeit eines Mannes auf mich lenkte. Dieser knuffte den Ersten in die Seite, der mit dem Finger auf mich zeigte, grinste und dabei einen Krümel Tabak von seiner Unterlippe entfernte.

„Mensch, Adrian, was machst du denn hier?" „Ich wurde doch von Herrn Lamberding zur Treibjagd eingeladen."

„Ach, davon hat er mir gar nichts erzählt."

„Ist schon alles klärchen, Michael." Eine große Hand fiel auf meine Schulter nieder wie eine Spaltaxt auf ein Stück Holz. Ich zuckte zusammen. Es war Klärchen persönlich.

„Er gehört zu meinen Treibern!"

„Zu Ihren?" „Ja, ist doch klärchen, ich bin der Treiberführer und alle hören auf mein Kommando. Er zeigte auf eine Gruppe von ebenfalls etwas weniger weidmännisch gekleideten Männern.

„Das sind die Treiber. Du kannst dich schon dazugesellen. Wir Treiber duzen uns im Übrigen alle, also nicht wundern."

Ich ging zu der Gruppe. „Tach, Männer, ich gehöre heute zu euch." Ein leises „Tach!" erklang.

„Na, freut ihr euch schon?" „Hör mir auf. Der Alte kam am Montagabend an und sagte uns, dass wir heute hier sein müssen.

So ein Scheiß."

„Halt die Klappe, Rainer, wir sind alle mit großer Freude hier!", unterbrach ihn Klärchen, der sich wieder unbemerkt genähert hatte.

Plötzlich erschallten die Jagdhörner. Gandalf beeindruckte in perfekter weidmännischer Kleidung, soweit ich dieses beurteilen konnte. Klärchen löste sich von unserer Gruppe und stellte eine Kiste, die er unter der Traufe des Hauses hervorholte, ein paar Meter vor Lamberding auf. Ich hatte ja noch nie eine Treibjagd mitgemacht, da war ich gespannt, ob aus der Kiste vielleicht die Hasen, die zu erlegen waren, gezaubert werden sollten. Der Zauberer, in Gestalt von Gandalf, ging auf die Kiste zu. Was für ein Auftritt! Hinter ihm folgten fünf weitere Jäger. Ich erkannte Birne und den MdL. Gandalf stieg auf die Kiste. „Liebe Jagdfreunde, herzlich willkommen zu unserer kurzfristig anberaumten Treibjagd. Es ist noch etwas früh im Jahr, aber mir gefällt es jetzt besser. Im Herbst haben wir oft so schlechtes Wetter." Er sah in die Runde. Einige klatschten, die Treiber um mich herum verhielten sich eher neutral, sodass Klärchen, der wieder bei uns stand, einen in die Seite knuffte und dieser auch anfing zu klatschen. „Ich habe in den letzten Wochen festgestellt, dass sich die Viecher vermehrt haben wie die Karnickel." Die Menge quittierte den flachen Witz mit artigen Lachern. „Da müssen wir Meister Lampe mal einen auf den Pelz brennen. Aber seid sicher, nicht nur Hasen und Fasane bekommen ihr Fett ab. Ihr dürft auf alles schießen, was euch vor die Flinte oder Büchse kommt." Mir wurde etwas komisch im Magen. Erst war diese ganze Veranstaltung kurzfristig anberaumt worden und jetzt sollte auf alles geschossen werden, was so rumlief. Wer oder was sollte hier gejagt werden? Lamberding fuhr in seinen Erklärungen fort: „Muss ich bei euch die Jagdscheine kontrollieren, Freunde? Bestimmt könnt ihr auch alle schießen, nicht wahr, Sigi?" „Klar können wir das!",

grölte dieser zurück. „Michi, bring mal eine Runde. Unsere Treiber stehen so demotiviert rum, die müssen wir mal etwas auflo-
ckern. Roland, verteil für euch die Warnwesten. Ach, und ehe ich
es vergesse, denkt daran, vorsichtig zu sein. Ihr kennt alle die
Regeln. Ich möchte keine Schusswunden bei euch sehen! Alles
klar?" „Alles klar!", brüllten einige. Uns wurde eine Runde
Schnaps gereicht und Klärchen verteilte die, wie ich nun sehen
konnte, gelben Warnwesten. Er zog sich die erste über und reichte den Übrigen eine. Nur ich erhielt keine. „Warte, für dich habe
ich auch noch eine." Er ging rüber in die Schirmschoppe.

Da trat Gandalf zu mir. „So, mein Freund, heute spielst du mit
richtigen Männern. Ich denke, es wird dir noch Freude bereiten,
du schleichst ja gerne durchs Unterholz. Wenn wir die Strecke
gelegt haben, rechnen wir ab. Ich denke, dass wir uns einig werden."

Ohne meine Antwort abzuwarten, ging er wieder. Das komi-
sche Gefühl verstärkte sich. Michi ging mit dem Schnaps an mir
vorbei.

„Kann ich noch einen haben, ich habe es etwas am Magen."

„Gerne, warte, ich trinke einen mit, mir ist etwas kalt."

„Hey, Michi, gib ihm nicht so viel Schnaps, dann fehlt mir
gleich ein Treiber und ich muss für ihn mitlaufen", rief Klärchen
ihr zu. „Hier, deine Weste, ist in Rot, passend zu deinen Schuhen.
Damit fällst du auf jeden Fall auf und bist nicht mit einem der
Viecher zu verwechseln."

Er stieß mir in die Seite und ich sah ihn unschlüssig an. „Alles
klar bei dir? Wir laufen nur durch den Wald und machen etwas
Krach, damit die da was vor den Lauf bekommen." Sein Kopf
war in Richtung Schützen geruckt.

„Ist alles o.k., hatte nur etwas viel gegessen, bevor ich losfuhr."

Gandalf stellte sich wieder auf die Kiste. „So, Leute, Roland
fährt jetzt mit den Treibern zum Startpunkt und wir fahren mit

dem Bulli zum Zentrum. Denk an die anderen Männer, Roland. Die müssten schon da sein. Ihr bildet einen großen Halbkreis und kommt auf uns zu. Also los."

Das Kommando hatten alle verstanden und wir trotteten hinter Klärchen her. Es ging um die Ecke, dort stand ein Trecker mit einem Anhänger. Auf dem Anhänger waren an den Seitenbrettern Bänke angeschlagen, sodass wir uns dort niederlassen konnten. Klärchen lenkte den Trecker in zügiger Fahrt, den immer schlechter werdenden Straßenverhältnissen nicht gerecht werdend, immer weiter in den Wald. Hänsel und Gretel hätten sich hier schon verlaufen können. Ich wusste nicht mehr, wo wir waren. Klärchen war ein paar Mal links und rechts abgebogen und hielt dann an. Klärchen brüllte vom Trecker: „Rudolf, du bist der Erste. Jedes Mal, wenn ich hupe, springt einer ab. Adrian, du bleibst sitzen und gehst gleich mit mir." Wir fuhren nun so lange, bis keiner mehr außer mir auf dem Anhänger war. Ich sah nach hinten und sah erst jetzt, als der Trecker hielt, dass dort auch noch einige in gelben Warnwesten standen. Klärchen sprang vom Trecker.

„Komm auch, wir starten hier und du sollst ja bei mir bleiben." Ich sprang runter und gesellte mich zu ihm. „So, Leute, ihr kennt das Spiel. Fahrt zu euren Plätzen." Die Männer kletterten auf den Anhänger. Einer stieg auf den Trecker und der Zug setzte sich in Bewegung.

„Was machen wir denn jetzt?", wollte ich wissen.

„Wir warten auf's Anblasen." „Auf was?" „Das Signal des Jagdhorns. Ich gebe Herrn Lamberding jetzt über Funk durch, dass wir unsere Plätze eingenommen haben, und dann lässt er anblasen."

Er holte aus einer Umhängetasche ein backsteingroßes Funkgerät hervor, aus dem er die Antenne herauszog. „O.k., Chef, wir sind auf unserer Position. Es kann losgehen." Aus dem Gerät erschallte krächzend: „Verstanden! Ende und aus." Einen Augenblick später erschallte das Horn und Klärchen brüllte aus vollem Halse: „Frischauf zur Jagd! Vorbei ist die Nacht, lasst uns jetzt jagen."

Ein weiteres Signal erschallte und Klärchen und die Männer links und rechts von mir fielen in das Jagdhorn ein: „Hört alle her! Treiber, geht langsam voran! Treiber, geht langsam voran! Treiber, geht langsam voran! Fangt an!"

Alle verstummten und Klärchen erklärte: „Jetzt spricht jeder Treiber für sich ein kurzes Gebet, dass er unverletzt das Jagen überstehen wird. Ist eine Tradition, ganz früher sind auch schon mal Treiber umgekommen. Du gehst dreißig Meter weiter rechts von mir." Er lachte mich an und es ging los.

Mein Magen und ich waren nervös. Rechts und links hörte ich Rufe wie: „Auf, ihr Tiere!", „Hopp, hopp!", „Lauft los!", „Ab in den Topf!" oder nur ein Johlen und das Schlagen von Stöcken an die Rinde der Bäume. Ich nahm mir einen herumliegenden Ast und schlug an den nächsten Baum. Der Ast zerbrach. Somit fiel ich in das „Hopp, hopp!" ein. Wir bewegten uns langsam vorwärts. Mit einem Mal sah ich, wie ein Reh vor mir den Kopf hob und davonsprang. Das Tier wollte mit uns nichts zu tun haben, lief jedoch vermutlich in seinen Tod. „Armes Bambi!", ging mir durch den Kopf. „Irgendwann sind wir alle dran und du heute." Bis auf die Rufe der Treiber war das Ganze recht einsilbig. Meine innere Unruhe fiel von mir ab. Was sollte mir hier passieren, da brachte mich schon keiner um. Es waren ja viel zu viele Zeugen anwesend. Das Treiben nahm seinen Lauf. Hin und wieder war ich etwas nah zu meinen Nachbarn aufgerückt, diese hatten mich dann wieder in die andere Richtung geschickt. Als ich durch die alternierende Bewegung wieder Klärchen erreicht hatte, wagte ich einen Vorstoß in sein Wissen.

„Hey, Roland, ich darf doch Roland sagen?"

„Ja klärchen." „Dein Chef ist ja schon ein Fuchs! Der hat sich alle Aufträge in Havixdorf an Land gezogen. Ihr habt nun bestimmt viel zu tun?"

Ich wusste ja noch gar nicht, ob die einzelnen Firmen tatsächlich zu Lamberding gehörten, aber so ein Schuss ins Blaue traf auch mal sein Ziel. Und ich war ja auf der Jagd.

„Ich habe immer viel zu tun. Ich bin ja keiner seiner Arbeiter. Ich bin für alles zuständig, was etwas spezieller ist. Außerdem fahre ich ihn öfters."

Ich wollte sein „öfters" schon verbessern, biss mir aber auf die Zunge und stellte ihm die Frage: „Und bist du auch für die Firma RZD Lamberding zuständig?"

„Ja klärchen, die gehört doch dem Chef." Super, Klärchen war klasse.

„Und wie ist das mit Ingenieurholzbau WoLa?"

„WoLa, war meine Idee!", verkündete er stolz. „Ist die Abkürzung für Wolfgang Lamberding. Ist doch klasse!"

„Ja, eine echt gute Idee." Das war besser, als ich erhofft hatte. „Ist Lamberding nicht sauer, dass er überall immer der Günstigste wurde, da verdient er doch nichts mehr?"

„Ja, das ist der Scheiß. Ich weiß auch nicht, was er an deinem Chef findet, dass er den Dicken immer mitschleppt. Uns hat er schon allen angekündigt, dass er vielleicht die Löhne etwas reduzieren muss, weil die Preise so schlecht sind."

„Ja warum hat er denn überhaupt immer angeboten?"

„Weiß ich auch nicht! Du musst wieder weiter rüber, los, mach voran!"

Er zeigte in die Richtung, in die ich gehen sollte. Klärchen war redselig. Das hatte einiges an Erkenntnissen gebracht, aber er wusste eben nicht alles. Ich musste in Erfahrung bringen, wo der Vorteil für Lamberding war. Dann würde ich eine noch bessere Position haben. Hier im Unterholz war der Erkenntnisgewinn nun zu Ende.

Nach einiger Zeit, ich hatte keine Uhr dabei und wusste daher nicht, wie lange wir schon durch die Botanik liefen, hörte ich den ersten Schuss. Er war schon sehr laut gewesen, also waren wir bestimmt schon in der Nähe der Schützen. Wie sollte ich mich nun verhalten, ich wollte ja nicht getroffen werden. Ich ging wieder in Klärchens Richtung.

Als er mich wahrnahm, brüllte dieser: „Geh zurück auf deine Position, sonst laufen die Viecher alle durch deine Lücke!" Er nahm seinen Auftrag ernst. Die Treiber um mich herum wurden immer lauter, es waren nun mehr Schüsse zu hören und die Dynamik des Metzelns intensivierte sich. Einmal duckte ich mich schlagartig, da ich das Gefühl hatte, dass eine Kugel über meinem Kopf hergeflogen kam. Ich sprach mir Mut zu, dass so etwas bestimmt nicht passieren könnte.

Vor mir lag ein von hohen Büschen gesäumter Graben, der meine Treibrichtung querte. Er war zu breit, als dass er mit einem Satz hätte überquert werden können. Also kletterte ich die Böschung herab, machte einen großen Schritt über den sumpfigen Grund und erstieg die Böschung auf der anderen Seite. Dort musste ich die Büsche auseinanderdrücken, um weiterzukommen. Ich schob eine Hand durch das Gebüsch und kämpfte mich quer laufend dadurch. In dem Augenblick, als ich mich drehte, trat ich unerwartet in ein Erdloch und zeitgleich löste sich ein Schuss. Ich sah den Schützen vor mir, sein Gewehr hatte er im Anschlag. Meine linke Seite schmerzte mit einem Schlag. Ich kippte zur Seite, der rechte Fuß steckte in dem Loch und der Schmerz an meiner Taille war höllisch. Hatte mich der Idiot vor mir angeschossen? Panik brach aus, so wie neulich im Mais. Meine Bewegungen wurden hektischer. Ich zerrte an meinem Shirt. Haut kam zum Vorschein, aber kein Blut. Die Kugel steckte sicher fest. Ich schob das Shirt weiter hoch, noch war ich bei Bewusstsein und konnte mich untersuchen. Diese Mistkerle würden mich hier an Ort und Stelle verscharren. Ich versuchte, mich aufzurappeln, und wollte nur noch raus aus diesem Loch. In diesem Augenblick, als ich gefangen im Loch herumzappelte, stand Klärchen über mir. Mit seiner kräftigen Erscheinung flößte er mir Angst und Hoffnung auf Rettung zugleich ein. Er sang wieder aus vollem Hals, das Jagdhorn begleitete ihn: „Treiber, rein, Treiber, rein! Alle Schützen halt!" Würde er mir jetzt den weidmännischen Gnadenstoß geben oder Hilfe holen? Er reichte mir seine Hand. „Hier, fass an, ich ziehe dich hoch. Diese alten Fuchsbauten können schon mal ganz schön tief sein, da kommst'e kaum allein heraus." Er musste brüllen, denn aus Richtung des Kessels knallte trotz des warnenden Hornes ein Schuss nach dem anderen in die pazifistisch veranlagten Opfer. Schießpulvergeruch wehte zu uns herüber.

Ich schrie: „Ich bin verwundet, einer hat mich erwischt." Er zog mich hoch. Ich wunderte mich, mein Bewusstsein schwand immer noch nicht.

„Zeig mal!" Nun konnte ich mein Shirt ungehindert hochziehen. Ich sah einen blutroten Strich, aber kein Einschussloch. Ich untersuchte meine Kleidung: Das Shirt hatte ein Loch. Viel schlimmer war, dass die Rudi-Dutschke-Gedächtnis-Jacke eins vorne und eins hinten hatte.

„Da wollte mich jemand umbringen!"

„Ach quatsch, da hat sich nur ein Schuss versehentlich gelöst." Wir schrien uns an, der Krach war ohrenbetäubend. Hätte Schnee gelegen, wäre ich mir vorgekommen wie in „Hunde, wollt ihr ewig leben".

Dann erklang das Jagdhorn und Klärchen sang wieder: „Das Vieh ist tot. Das edele Getier im tiefen Tann' nach hoher, herrlicher Pürsch ich mir gewann." Und mit einem Mal von überall: „Halali, halala, halali, halala!"

Für einen Augenblick herrschte andächtige Stille, bis von überall Treiber auf die Lichtung strömten, auf der ich den Schützen hatte stehen sehen. Sie trugen die Opfer des heutigen Tages. Mein Puls beruhigte sich und ich war froh, nicht eins der Opfer geworden zu sein. Aber dass auf mich geschossen wurde, das musste geklärt werden.

„Roland, hast du Lamberding gesehen, ich muss ihn sprechen!"

„Der ist bestimmt schon an der Strecke. Da gehen wir auch hin. Das ist da vorne." Er zeigte den Weg.

„Ich muss aber vorher noch an den Ansitzen vorbei und die leeren Patronenhülsen einsammeln. Da legt der Chef sehr viel Wert darauf!"

„Ja, dein Chef hat schon besondere Wertvorstellungen."

„Wie meinst du das? Auf den lasse ich nichts kommen, der ist in Ordnung. Pass auf, was du sagst, sonst sind wir keine Freunde mehr."

„War nur so gesagt, ohne Wertung, bleib ganz ruhig." Er hatte sich jedoch schon umgedreht und stampfte davon. Mein Ziel war die gezeigte Richtung.

Er stand mit den anderen Schützen beisammen und sang mit den anderen zum Jagdhorn: „Die Jagd ist aus, die Jagd ist aus! Das Jagen ist zu Ende! Halali!"

Birne sah mich zuerst. „Na, Beermann, hat es dir gefallen?"

„Hören Sie auf, Sie wollten mich doch kaltmachen, nur deshalb ist das Ganze hier kurzfristig angeblasen worden. Hier, ich wurde angeschossen!" Alle Blicke waren auf mich gerichtet. Ich zeigte die Löcher in meiner Lederjacke.

„Bitte, mein Junge, regen Sie sich nicht auf!" Gandalf richtete sich nun mit seiner Hypnosestimme an mich. „Sind Sie verletzt?"

„Ich hatte Glück, die Kugel hat mich nur leicht gestreift." Ich zeigte das rote Mal. „Wer von Ihnen hat denn auf mich geschossen? Ich verlange mindestens eine Entschuldigung und wir, Herr

Lamberding, reden auch noch unter vier Augen." Meine Stimme war nun etwas schriller geworden. Birne reichte mir einen Flachmann.

„Komm, Beermann, trink erst mal was. Dann geht es dir gleich besser." Ich nahm den Flachmann, trank einen kräftigen Schluck und fing an zu husten. „Wollen Sie mich nun auch noch vergiften?"

Im Augenwinkel sah ich, wie der MdL und Gandalf miteinander flüsterten.

„Herr Beermann, ich glaube, es ist besser, wenn wir noch die Polizei hinzuziehen. Ich kenne den Staatsanwalt, der könnte schnell hier sein."

„Ne, lassen Sie mal, wir sind doch unter uns, da würde der nur stören und außerdem ist er zu einer Vernissage. Das wissen Sie doch!" Gandalf schaute mich konsterniert an.

„Woher wissen Sie das denn?"

„Nicht nur Sie haben Freunde, ich auch." Das hatte gesessen. Er sah mich irritiert an.

„Wir reden nach dem Essen, verstanden?" Und zu dem Ersten gewandt: „Michael, kümmere dich um Herrn Beermann, er muss erst mal seine Jacke und das Hemd wechseln."

„Mann, Adrian, du machst ja Sachen!"

„Hey, Michael, erzähl keinen Blödsinn, auf mich ist geschossen worden, da habe ich nicht viel mit zu tun. Ich bin das Opfer."

„Jetzt reg dich nicht so auf, das kriegen wir wieder hin. Komm, wir gehen in unseren Schlechtwetterfundus. Da haben wir immer einige Klamotten liegen, für den Fall, dass wir bei der Jagd durchnässt werden. Da ist bestimmt etwas für dich dabei und um deine Jacke ist es nicht schade, die hat ja ihr Alter."

Nun wurde ich aber richtig sauer. „Weißt du eigentlich, was das für eine Jacke ist? Du hast doch keine Ahnung. Genau so eine trug Rudi Dutschke an dem Tag, an dem er niedergeschossen wurde. Die sind echt selten."

„So 'ne Jacke, in der jemand angeschossen wurde, solltest du auch nicht zu einer Jagd anziehen." Da hatte er jedoch recht, ich musste unweigerlich lachen.

Draußen erklang wieder das Jagdhorn und auch der Erste sang, als wir wieder aus dem Haus traten. „Wir grüßen das edele Waidwerk, wir grüßen das edele Waidwerk, wir grüßen das edele Waidwerk mit Horido!"

„Mann, die Singerei ist langsam nervig, kommt da noch mehr?"

„Keine Angst, es wird nur noch zum Essen geblasen. Aber ich finde das große Halali echt schön und der Chef legt Wert darauf, dass wir die Jagdbräuche kennen. Er sagt mir immer, dass bei der Jagd oft gute Geschäfte gemacht werden können."

„Das kann ich mir vorstellen. So habt ihr bestimmt auch Birne, äh, ich meine Gutmann eingeführt."

„Birne passt." Er grinste wie ein Honigkuchenpferd. „Birne ist schon immer dabei gewesen, die beiden kennen sich aus dem Studium. Die haben zusammen in Aachen studiert und in einer Bude gewohnt."

„Ach so, deswegen gehen sie auch zusammen in den Puff und sehen sich gegenseitig zu." Ich überlegte, was mein Mitbewohner und ich in zwanzig Jahren zusammen machen würden.

„Was machen die?"

„Die gehen in den Puff! Wusstest du das nicht?"

„Ach, du spinnst, das hast du dir ausgedacht!"

„Ne, frag doch euren Roland, der kennt solche Geheimnisse."

„Der Armleuchter, das ist doch nur der Speichellecker von Lamberding, woher soll der das wissen?"

Ich konnte ihm ruhig noch etwas erzählen. „Der fährt doch deinen Chef und seine Kumpels!" Der Erste sah mich an und blieb ruhig.

Ich ließ ihn stehen und ging zu den Treibern, die sich um eine Kiste Bier versammelt hatten. Getreu der Weisheit meines Vaters tank ich das Bier vor dem Essen, danach war kein Platz mehr im Bauch. Gandalfs Liebchen Michi kredenzte Schnaps. Mein Blutalkoholspiegel stieg langsam, aber sicher. Der Schock der Verwundung war vergessen. Meine Treiberkollegen gaben Anekdoten über die Jagd auf Tiere und Frauen von sich. Die Runde war gesellig, somit merkte ich nicht, dass Gandalf wieder das Podium betreten hatte. „Heinz, komm, hol das Horn noch einmal hervor und spiele!" Der Angesprochene, dessen Wangen vielleicht vom Jagdhornspiel rot geworden waren, setzte das Horn an die Lippen und intonierte die ersten Töne. Dann setzten die versammelten Jagdgenossen ein. „Kommt doch herbei, kommt doch herbei, Jäger, Treiber, kommt doch herbei! Essen gibt's jetzt! Erbsensuppe mit fettem Schweinebauch, Erbsensuppe, Schnaps gibt es auch." Gandalf, der über allen thronte, schloss die Vorstellung.

„So, Leute, es ist angerichtet. Lasst es euch schmecken. Die Treiber kommen dann gleich mal zu mir und wir klären eure Beute."

Nun kam ich der Sache näher. Dann war die ganze Veranstaltung nur abgehalten worden, damit er mir unauffällig Geld zustecken konnte. Er stieg von seinem Thron und wandte sich der Schirmschoppe zu. In dieser waren Tische mit rot-weiß kariertem papiernem Tischtuch und Bänke ohne Sitzkissen aufgebaut worden, sodass sich die beachtliche Zahl der Jagdgesellen zusammensetzen konnte. Bier und Schnaps wurden gereicht und es gab Erbsensuppe. Ich beobachtete nach dem Essen, wie die Treiber einer nach dem anderen zu ihrem Patron gingen und einen weißen Umschlag erhielten. Viele gingen mit freudigem Gesicht. Hier gab es noch schwarze Lohntüten. Als nur noch Klärchen und ich an dem Treibertisch saßen, war ich nun doch sehr neugierig auf meine „Beute".

„Roland, willst du vor mir gehen?" „Ne, geh nur, ich bekomme keinen Umschlag." Das ließ ich mir nicht zweimal sagen. Ich stand auf und merkte, dass die alkoholischen Getränke ihre Wirkung entfaltet hatten. Gandalf sah zu mir auf.

„Und, mein Junge, konnten Sie es so lange aushalten, Ihre Belohnung zu erhalten?"

„War kein Problem, ich war in angenehmer Gesellschaft da hinten am Tisch."

„Hier ist Ihr Umschlag." Er übereichte mir einen beigen Umschlag. Auch hier hatte ich eine andere Farbe. Der Umschlag fühlte sich dick an, da war einiges drin.

„Machen Sie den aber erst später auf. Er unterscheidet sich von denen der anderen." Nun wandte er sich zu Birne.

„So, Herr Beermann hat nun auch seinen Anteil an der Jagd erhalten."

„Ja wunderbar, Beermann, dann ist ja alles klar und wir sehen uns am Montag in alter Frische."

„Eins würde mich noch interessieren, wer hat denn auf mich geschossen?"

„Wissen Sie, mein Junge, als Sie in den Kessel getreten sind, vermutlich kurz vor dem Signal, wurde auf alles geschossen, was sich bewegte. Das war Pech. Wenn die Kugel – Schrot war es ja nicht, dann hätten Sie mehr abbekommen – wenn also die Kugel in Ihnen stecken geblieben wäre, dann hätte mein Freund, der Staatsanwalt, die Sache in die Hand nehmen können. Er hätte die Waffen und die Kugel kriminaltechnisch untersucht und feststellen können, wer Sie erwischen wollte." Er sprach nun sehr leise, sodass nur ich es hören konnte. „Für die Zukunft sollten Sie sich merken: Machen Sie nichts, ohne vorher das richtige Signal gehört zu haben, sonst fliegen Ihnen die Kugeln um den Kopf. Und dann haben Sie vielleicht nicht so viel Glück." Das war ja nun eine deutliche Drohung.

„Nun, dann werde ich mal mit dem guten Ratschlag gehen. Einen schönen Abend noch."

Ich wandte mich ab und hörte Birne. „Und, Beermann, hat es Ihnen denn gefallen?"

„Ich habe heute mal wieder viel gelernt und überlege, ob ich nicht auch Jäger werden soll, dann könnte ich mich auch bewaffnen."

„Sind Sie noch sauer wegen des Streifschusses?"

„Ne, das geht schon klar, ich habe ja Schmerzensgeld erhalten und bin auch froh, dass es kein Steckschuss geworden ist."

„Er hat schon Humor, mein Mitarbeiter." Birne lachte schallend, Gandalf sah mich finster an. Er war nicht Gandalf, ging mir auf, er war Saruman, der in Mordors Diensten stand und das Böse verkörperte. Ich sah in die Gesichter der Jäger, die mich beobachteten. Der MdL sah Saruman an und die beiden nickten sich zu.

Ich trollte mich. Meine zerschossene Jacke hatte ich als Beweis mitgenommen, obwohl ich nicht wusste, wem ich einen solchen zeigen sollte, da auch die Exekutive zu Sarumans Freunden gehörte. Ich ließ mich auf den alten Sitz meines Benz fallen, nahm den Umschlag in die Hand und riss ihn auf. Es waren viele Geldscheine drin. Alles Zwanzig-DM-Scheine, insgesamt fünfundzwanzig Stück. Die wollten mich mit fünfhundert DM als Kooperationshonorar für meinen Einsatz als Treiber und für die Schmerzen, die ich erlitten hatte, abspeisen, das konnte doch nicht wahr sein! Das würde ich nicht mit mir machen lassen. Nur wie? Ich konnte nicht mehr überlegen. Der Alkohol tat seine Wirkung.

Montag, 30. September

Ich war sauer, wirklich sauer, und wollte unbedingt mit Birne sprechen. Ich musste ihm sagen, dass ich kein kleiner Junge war, der sich mit einem Taschengeld abspeisen ließ. So stürmte ich etwas nach der üblichen Zeit des Arbeitsbeginns in mein Büro. Ein intensiver Kaffeeduft umfing mich, Möhre war wieder da.

„Hallo, junger Mann, wohin so stürmisch?"

„Äh, ich muss mit ihm sprechen." Die Tür zu Birnes Büro war zu.

„Er ist noch nicht da und hat auch angerufen, dass er später kommt. Er hat ein hartes Wochenende hinter sich." Sie verzog missbilligend den Mund. „Ihr Männer seid doch alle gleich! Saufen könnt ihr, aber dann nicht arbeiten wollen." Was war denn in meine Möhre gefahren, solch kritische Töne kannte ich gar nicht von ihr.

„Hey, ich bin bisher immer zum Dienst erschienen, wenn ich mal etwas später ins Bett gekommen bin."

„Ja gut, das stimmt, aber Sie sind auch noch jung. Bei unserem Chef fällt es immer mehr auf, je älter er wird, und mein Mann ist überhaupt nicht mehr zu gebrauchen. Jetzt im Urlaub fiel er sich mit seinen alten Kameraden in die Arme und schon begann die kameradschaftliche Sauferei. Und wir Frauen durften dann anderntags den Schaden beheben. In diesem Jahr war es besonders schlimm, die Kameraden aus der Ostzone waren erstmalig dabei. Und die waren besonders schlimm. Saufen und dummes Zeug erzählen, das können die. Da ist es gut, dass die Burschen immer älter und weniger werden. In ein paar Jahren gibt es keine Kessel-Kameraden mehr und dann habe ich meine Ruhe."

„Na, das hört sich ja nicht nach einem schönen Urlaub an."

„Ne, insgesamt war es noch recht schön, das Treffen fand ja in Berchtesgaden statt und da ist es sehr schön. Wir Frauen sind auf die Berge gefahren und haben uns alles angesehen. Ist schon alles beindruckend dort. Da kann ich verstehen, warum er ..." Sie beendete den Satz nicht.

Mir blieb nicht viel zu sagen als: „Ich war noch nicht dort, da kann ich nicht viel zu sagen!"

„Herr Gutmann hat mir noch aufgetragen, was Sie heute noch erledigen sollen!"

„Das hätte er mir ja auch schon am Samstag sagen können, da haben wir uns ja noch gesehen."

„Sie sehen sich samstags mit Herrn Gutmannn?" Sie war aufgestanden und kam auf mich zu.

„Ich wurde von Herrn Lamberding zu seiner Treibjagd als Treiber eingeladen und er war eben auch dort, aber als Jäger."

„Herr Gutmann ist Jäger! Dass er einen Jagdschein hat, wusste ich gar nicht. Und Sie als Treiber!" Sie führte die Hand zu ihren Lippen. „Da sollten Sie aber vorsichtig sein, da sind schon Menschen zu Tode gekommen."

„Sie meinen insgesamt bei Treibjagden?"

Ihre Hand ruhte nun auf meiner Schulter. „Nein, ich meine bei der von Herrn Lamberding. Da sind schon drei Leute ums Leben gekommen. Der Staatsanwalt aus Münster hat festgestellt, dass es sich einmal um einen Unfall und zweimal um Selbstmord gehandelt hat. Ich fand es nur immer auffällig, dass jedes Mal jemand getötet wurde, der das erste Mal auf einer Treibjagd dabei war."

Mir wurde kalt und mein Magen verkrampfte sich. „Was ist los? Sie sehen auf einmal so blass aus!" Sie nahm mich in den Arm und führte mich zu meinem Schreibtischstuhl, auf den ich mich setzte. „Ich habe noch nicht gefrühstückt, vielleicht liegt es daran." „Na, dann trinken Sie erst mal einen Kaffee." Nun nahm sie mein Gesicht in ihre Hände und hob meinen Kopf leicht an, sodass ich ihr in die Augen sehen konnte. Sie flüsterte besorgt: „Und Sie versprechen mir, zukünftig vorsichtiger zu sein. Sie sind so ein netter junger Mann, da wäre es doch schade, wenn Ihnen etwas zustoßen würde." Sie sah mir verträumt in die Augen. „So einen Sohn wie Sie hätte ich auch gerne gehabt." Sie drehte sich um und füllte Kaffee in die Tassen und ich sah, wie sie sich eine Träne aus dem Augenwinkel wischte.

Dienstag, 31. September

Gestern war Birne nicht mehr im Büro aufgetaucht. Ich nahm jedoch an, dass er nicht „im Salz hing". Wolfi und Sigi hatten bestimmt etwas Neues geplant. Somit hatte ich es heute versuchen wollen. Doch das war nicht so einfach gewesen. Birne hatte mich den Morgen mit der Begründung, dass er noch viel zu telefonieren habe, von sich gehalten. Kurz vor Mittag war dann die Submission der „Alu-Fenster".

Ich hatte mir zuvor noch die aktuellen Pläne des Architekten angesehen, nur mal so, und mich gewundert, warum in den am Montag mit der Post eingegangenen Plänen immer von Kunststofffenstern die Rede war. Nirgends stand etwas von Alu-Fenstern. Die Lehre daraus war, dass so ein Schulneubau doch eine Sache war, die bei schlechter Kommunikation viele Fehler produzieren konnte. Hätte der Architekt nicht wissen müssen, dass Birne Alu-Fenster ausgeschrieben hatte?

Nach meinem flüchtigen Mittagsmahl rief er mich dann doch noch zu sich.

„So, Beermann, wir sind ja nun ein Team."

„Na, das weiß ich noch nicht. Mit der Belohnung haben Sie mich aber noch nicht endgültig dienstverpflichtet. Das war ja eher ein Schmerzensgeld und keine Belohnung!"

„Sie müssen Geduld haben! Lamberding will Sie jetzt erst mal testen und prüfen, ob Ihre Verschwiegenheit auch tatsächlich stressbelastbar ist. Sie sind doch nun Herr des Verfahrens und können, wenn Sie sich nicht doof anstellen, durchaus noch mehr erhalten."

Da war das Wort, das ich hatte hören wollen: „mehr". Ich konnte mich plötzlich in Dagobert Duck hineinversetzen und verstand seine Gier. Mein Pokerface verflüchtigte sich und ich bemerkte, wie sich meine Mundwinkel verselbstständigten und nach oben zogen.

„Jetzt müssen Sie aber diese Ausschreibung noch bearbeiten. Erstellen Sie den Preisspiegel und dann tragen Sie in dieses Angebot die Preise des Billigsten, jeweils um eine DM reduziert, ein. Ich habe das Angebot eben noch gelocht. Und da bei der Submission keine Firmen anwesend waren, können wir dieses noch einfach in der Niederschrift nachtragen und alles ist korrekt. Sie können sich ja vorstellen, wer den Auftrag bekommen soll!"

„Was hätten Sie denn gemacht, wenn Firmen da gewesen wären?"

„Das wäre auch kein Problem gewesen! Dann hätte ich nachgewiesen, dass die Unterlagen in unserer Poststelle fristgerecht eingegangen sind, aber dort nicht an uns weitergeleitet worden sind. Damit wäre das Angebot noch wertbar gewesen!" Er lachte mich an. „Das Vergabewesen hat schon Gestaltungsraum!"

Das Angebot, das ich ausfüllen sollte, war von einer Firma Westfalen Transparenz GmbH & Co. KG. Bestimmt auch eine, die Lamberding gehörte. Die erforderlichen Unterschriften waren schon geleistet worden. Ich erstellte somit den Preisspiegel und ermittelte die preisgünstigste Firma. Diese Zahlen schrieb ich besonders sauber, jeweils um eine DM verringert, ab und schon war die Firma preisgünstigster Bieter für Alu-Fenster. Was ja sinnlos war, da Kunststofffenster eingebaut werden sollten. Kurz vor Feierabend gab ich Birne die Ergebnisse und er bemerkte lediglich: „Na, Beermann, kalkulieren ist doch gar nicht so schwer. Gut gemacht!"

Mittwoch, 1. Oktober

An meinem freien Tag musste ich mich erneut mit unangenehmen Dingen herumschlagen. Das Finanzamt hatte mich angeschrieben und aufgefordert, dass ich doch bitte endlich meine Lohnsteuererklärung einreichen sollte. Ich hatte ja nicht viel anzugeben, somit nahm ich einen Schnellhefter voller Unterlagen, die Quittungen der Fachbücher, die Susanne und einige andere gekauft hatten, und meine Lohnsteuerkarte. Ich musste zur Münzstraße.

An der Pforte fragte mich der sehbehinderte Pförtner, ehe ich etwas sagen konnte: „Welche Steuernummer?" „Weiß ich auch nicht!" „Sie haben doch die Lohnsteuerkarte dabei, da steht die drauf!" Woher wusste er denn, dass ich eine Steuerkarte dabeihatte? Ich sah mir die Karte an und tatsächlich, da stand eine Nummer drauf. „Meinen Sie diese?", ich hielt ihm die Karte zum Test vor die Glasscheibe seines Pförtnerhäuschens. „Das müssen Sie mir schon vorlesen!" Er wies auf die gelbe Armbinde mit drei schwarzen Punkten. Ich nannte die Nummer. „Sie müssen in Zimmer Nummer 306. Die Treppe hoch, erster Flur links."

Ich hastete, immer zwei Stufen auf einmal nehmend, die Treppe hoch. Auf dem Schild der Tür standen nur die Initialen des Finanzbeamten: „N.N". Ich betrat eine weitere Amtsstube. Die Regale waren nicht mit Aktenordnern, sondern mit Automodellen gefüllt. Mein Blick blieb an den Modellen hängen.

„Alles Alfa Romeo", wurde ich aufgeklärt. „Die schönsten Autos, die es gibt", gab der nicht älter als ich wirkende junge Mann von sich. Ich besah mir den Vogel etwas näher. Er trug sein Haar in Wellen über den Ohren und sah damit aus wie ein Schlagersänger, der mich vor Kurzem von einem Plakat aus angegrinst hatte. Nun galt es, keine Fehler zu machen, Finanzbeamten sollten keinen Spaß verstehen.

„Guten Tag, ich bin Steuernummer 5011/452/4711."

„Wenn Sie mir Ihren Namen sagen würden, reicht das auch. Ich bin Ekkehard Tahlkötter, mit einem h vor dem l, und als Auszubildender für Studenten mit Einkommen zuständig. Hier bei mir geht es immer etwas lockerer zu als bei den Kollegen, also seien Sie nicht verkrampft. Was kann ich denn für Sie tun?"

„Hier, meine Unterlagen." Er sah auf meine Karte und fragte: „Haben Sie denn auch schon die Steuerformulare ausgefüllt?" „Ne, das habe ich vergessen!"

„Na, dann machen wir das jetzt einmal zusammen. Dafür bin ich ja da, dass ich den Steuerunkundigen helfe. Unser Amtsleiter legt da sehr viel Wert drauf." Wir füllten nun den Antrag aus, er fragte mich nach dem Gesamtbetrag aller Quittungen und trug den Wert ein. Er sah sich keine an. Ich nahm mir für das nächste Jahr vor, einfach auch alle Lebensmittelquittungen zu sammeln.

„Sagen Sie, Herr Tahlkötter, ich bräuchte da noch einen Tipp."

„Kannst ruhig Du zu mir sagen, wir sind ja fast gleich alt. Ich heiße Ekki."

„O.k., Ekki, ich muss ein Referat in Rechtskunde schreiben über Korruption in der Bauverwaltung. Ich bin auch schon recht weit und habe viele gute Beispiele. Kümmert sich das Finanzamt eigentlich um korrupte Bauämter?"

„Das ist ja eine sehr interessante Frage, ich habe vor Kurzem auch ein Referat über ein ähnliches Thema geschrieben. Aber wir kümmern uns nur um Steuerbetrüger, es sind ja nicht alle so ehrlich wie du." Er lachte mich an und mein schlechtes Gewissen meldete sich. „Bei Korruption ist eine zentrale Behörde in Düsseldorf zuständig, die wurde erst vor zwei Jahren gegründet und kann über eine Infotelefonnummer landesweit zum Ortstarif angerufen werden. Du musst einfach die Vorwahl von Düsseldorf und viermal die Sechs wählen. Da wird dir geholfen."

„Das kann auch ich mir merken, danke für den Tipp."

„So, ich habe deine Daten auch in die EDV eingegeben, du musst 114,67 DM Steuern nachzahlen. Das geht doch, oder?"

Ich ärgerte mich, doch konnte ich den netten Beamten nicht damit belasten und entgegnete: „Ja klar, dafür muss man nicht korrupt werden." Er lachte.

„Ja, das meine ich auch. Wir können unsere Arbeiten ja mal vergleichen, kommste einfach noch mal hier vorbei."

„Gute Idee, Ekki, ich komme vorbei."

In der Cafeteria der FH traf ich in der Mittagspause Ulf, Tom und Ede. Die drei hingen anscheinend immer mehr zusammen. Mit einem Kaffee in der Hand setzte ich mich zu ihnen. Ulf legte wortlos die Karten auf den Tisch. „Ne, Freunde, heute nicht, ich bin vom Samstag noch total erledigt!" Ich brauchte etwas Mitleid. „Was hast du denn gemacht?" Ich berichtete den dreien. „Mann, Beermann, du lebst echt gefährlich!", knuffte mich Tom grinsend in die Seite. „Und sind die Klamotten, die du von denen bekommen hast, besser als deine Schmuddeljacke?", wollte Ede wissen. Die Kerle nahmen mich nicht ernst. „Ach, rutscht mir den Buckel runter. Ich denke jedoch, dass ihr noch GSG9 spielen könnt." „Allzeit bereit", grölte nun Tom.

Donnerstag, 2. Oktober

„Heute haben wir ein strammes Programm, Beermann, die erste große Baubesprechung liegt an. Da kommen Ihre Freundin, Frau Düttmann, die anderen Fachidioten und die Firmen. Gestern habe ich noch die Alu-Fenster beauftragt. Wir treffen uns um vierzehn Uhr im Baustellencontainer." So empfing mich Birne.

„Warum gehen wir denn nicht hier ins Rathaus?"

„Mann, du hast wirklich noch keine Ahnung. Bei so einer Besprechung muss man den Zement vom frischen Beton riechen. Dann sind alle in der richtigen Spur!"

„Wen schickt denn Herr Lamberding, er muss doch nicht für jede Firma einen Vertreter entsenden, oder?"

„Heute werden alle seine Prokuristen erscheinen und im Verlauf der Besprechung feststellen, dass Langhans derart kompetent ist, dass er für alle Firmen die Generalbauleitung übernimmt." Er lachte. Na, da war ich ja mal gespannt, wie er seine Kompetenz darstellen wollte.

„Und was ist bis dahin noch zu tun?" „Legen Sie die Auftragsakten an, für jede Firma eine Akte, und suchen Sie die Pläne zusammen. Und noch eins! Ich habe mit Lamberding gesprochen. Das war nur eine Anzahlung. Da ist noch mehr drin!" Na, mein Plan schien aufzugehen und ich konnte mir das Schauspiel am Nachmittag in Ruhe ansehen.

„Beermann, gehen Sie gleich mal zur Baustelle und lassen sich die Sozialausweise der Arbeiter zeigen. Ich will mir nicht vorwerfen lassen, dass ich hier Schwarzarbeiter beschäftigen würde."

Ich ging zur Baustelle. Dort arbeitete die Tiefbaufirma und die Firma, die die Pfähle in den Boden rammte. Zudem war der Rohbauer damit beschäftigt, den Kran aufzustellen. Ich sprach den ersten Arbeiter, den ich erreichte, an: „Guten Morgen, ich bin vom Bauamt und möchte Ihren Sozialversicherungsausweis kontrollieren." „Ich nix wissen, du Chef fragen." Er drehte sich um und zeigte mit dem Finger auf einen Mann mit einem weißen Helm. Er war der Einzige, der einen Helm trug. „Hallo, ich möchte die Sozialversicherungsausweise kontrollieren." Der mich aus dunklen, fast schon beängstigenden Augen, die von schwarzen, buschig-dichten Augenbrauen beschattet wurden, anschauende Mann erwiderte in einem osteuropäisch akzentuierten Deutsch: „Mann, geh mir nicht auf die Nerven, ruf Langhans an, der kümmert sich um so 'n Scheiß, und jetzt runter von der Baustelle, du hast keine Sicherheitsschuhe an." Er drehte sich von mir weg und schrie zu einem anderen Arbeiter, der auf dem Bagger saß, rüber: „Stanislav, Achtung, nicht so tief, da fängt der schlechte Boden an." Mein erster Versuch, Aufgaben der Bauleitung zu übernehmen, schien gescheitert.

Langsam trudelten die Teilnehmer der Baubesprechung ein

und liefen unmotiviert auf der Baustelle herum. Birne hatte mich vorausgesandt. Ich sollte die Akten in dem Stahlregal im Container aufstellen, das sähe dann professioneller aus. Zudem wäre das auch mein künftiger Arbeitsplatz, hatte er mir noch verkündet. „Sie werden sich nun um die Bauleitung kümmern, wir haben ja fast alle wichtigen Ausschreibungen fertig, da können Sie nun die Bauleitung übernehmen." Er wollte mich aus dem Auftragsvergabewesen heraushalten. Ich sollte nicht mehr so viel mitbekommen. Damit wurde ich zum Bauleiter und kochte Kaffee für die Besprechung. Für Frau Düttmann hatte ich noch eine Überraschung parat. Ich hatte mir den Vertrag mit ihrem Planungsbüro angesehen und festgestellt, dass ein kleiner Anteil ihrer Vergütung für die Mitwirkung an der Bauleitung vorgesehen war. Da würde ich sie zu meiner Assistentin machen.

Die Statiker betraten zuerst den Container, den einen kannte ich schon. Er hatte heute Verstärkung mitgebracht und stellte diese vor: „Herr Dirks ist der Prüfingenieur und wollte heute bei der ersten richtigen Besprechung mit dabei sein. Er hat sich die Ausschachtung des Kellers auch schon mal angesehen." „Und alles klar!", bemerkte ich pflichtbewusst. „Das besprechen wir gleich", drohte der dick bebrillte Prüfer an. Die übrigen Planer hatten am Tisch Platz genommen. Vor der Tür hatte sich eine Traube von Männern in uniformen taubengrauen Anzügen um den Ersten gebildet. Einer dieser taubengrauen Anzugträger trat ein.

„Wir haben uns entschlossen, die Projektleitung an Herrn Langhans von der Firma Lamberding abzutreten, da wissen wir, dass die Ausführung unserer Arbeiten in den besten Händen ist. Hier die schriftlichen Vollmachten aller beauftragten Firmen. Sie müssen diese noch gegenzeichnen!"

„Tut mir leid, da müssen Sie auf Herrn Gutmann warten, ich habe hierzu keine Vollmacht." Birne hatte es ja angekündigt, aber ich wollte nicht, dass meine Unterschrift unter einem Dokument stand, das hinterher als Beweis gegen mich verwandt werden könnte, wenn das Havixdorfer Komplott doch noch auffliegen sollte.

Gutmann trat ein und musterte den etwas kleineren taubengrauen Anzugträger vor sich.

„Na, gibt es Probleme?" „Ne, nicht wirklich, dieser Herr hat auch für einige andere Firmen die Bauleitung an Herrn Langhans abgetreten. Sie sollen das hier bestätigen."

„Pass mal auf, du Schlaumeier ...", polterte er den Kleineren an, „... mir ist ganz egal, wer hier die Bauleitung macht! Ich will, dass die Schule im nächsten Jahr steht, und wie ihr das macht, ist mir egal, und wenn hier ein Marsmännchen Bauleitung macht!"

Er riss mir das Schriftstück aus der Hand und hielt es dem anderen vor die Nase.

„Jetzt nimm den Wisch an dich und dann kannst du gehen. Langhans, kümmerst du dich jetzt um alles?"

„Jawohl, Herr Gutmann", bestätigte dieser pflichtbewusst. Die Sache war erledigt.

„So, Leute, dann lasst uns mal anfangen! Wo ist unsere Architektin? Beermann, haben Sie ihr etwas angetan?" Gelächter quittierte diese Bemerkung.

„Ehe Sie sich setzen, Herr Gutmann, will ich Ihnen draußen noch etwas zeigen!", eröffnete der Prüfstatiker die Besprechung.

„Was soll ich mir denn ansehen, Herr Dirks?" „Ich habe den Eindruck, dass auch dort, wo der Keller gebaut wird, kein ausreichend tragfähiger Baugrund ist. Das Gebäude würde schnell Schaden nehmen, wenn Sie da nichts machen."

„Ich weiß genau, was passiert, wenn kein tragfähiger Baugrund ansteht, Sie Oberlehrer!", raunzte Birne den dünnen großen Mann an, dessen Gesicht rot aufflammte.

„Ich wollte Sie nur warnen. Wenn aus dem Bodengutachten

nicht hervorgeht, dass das o.k. ist, bekommen Sie keine Abnahme, damit wir uns klar verstehen." Stille. Nun wollte keiner etwas sagen, um keinen weiteren Ausbruch Birnes zu riskieren. Birne schwieg auch und sah dabei den Ersten an.

Die Stille wurde durch ein hohes „Hallo allerseits, Sie haben schon angefangen!" gebrochen. „Unsere Frau Düttmann kommt mal wieder zu spät. Merken Sie sich das, meine Liebe, wenn ich sage fünfzehn Uhr, dann sind Sie zukünftig pünktlich eine Viertelstunde früher da! Verstanden?"

„Ist ja schon gut, regen Sie sich nicht so auf!" Sie setzte sich auf einen Stuhl.

„So, noch einer, der mich auf die Palme bringen will?" Keiner sagte etwas.

„Ich hätte da noch etwas, Herr Gutmann." „Mensch, Beermann, reiz mich nicht." „Ne, ist ganz harmlos." „Und was?", forderte er ungeduldig.

„Ich mache ja jetzt hier die Bauleitung und da habe ich mir heute Morgen mal die Verträge von Frau Düttmann angesehen. Da steht auch drin, dass sie auch Bauleitung machen muss. Sie bekommt dafür fünfzehn Prozent ihres Gesamthonorars."

„Das ist doch nur für die künstlerische Oberbauleitung", erklärte die Bauleiterin in spe.

„Quatsch mit Soße", polterte Birne. „Für fünfzehn Prozent kann sie schon sehr viel Bauleitung machen. Frau Düttmann wird zukünftig die Pläne vor und die Rechnungen nach Ausführung prüfen! Und damit basta." Frau Düttmann, deren Gesicht von hektischen roten Flecken gezeichnet war, wollte zum Gegenschlag ansetzen und holte Luft.

„Noch ein Wort, meine Liebe, und ich schmeiße Sie raus, und das für immer." Erneute Stille, keiner sagte etwas. Der weitere Verlauf war geprägt durch Abstimmung der Ausführungsdetails und der Termine, wann wer welche Pläne zu liefern habe und wann die Lamberding-Firmen mit den Arbeiten beginnen würden. Birne sprach jedoch nicht von der Lamberding-Truppe, er nannte jede Firma beim eigenen Namen und der Erste notierte fleißig auf einem karieren Collegeblock.

Ich hatte Ede am Mittwochmorgen versprochen, dass wir noch ein Bier zusammen trinken wollten, und hatte eine Kiste Bier dabei als Dankeschön für seine nächtliche Hilfe neulich. Damit hatte ich mich, nachdem die Spuren des kläglichen Caterings, das ich in meiner Eigenschaft als Bauleiter für die Besprechung übernommen hatte, beseitigt waren, schnell zu ihm auf den Weg gemacht. Im Kofferraum lag ein Sixpack Bier, das ich den Nachmittag über im Kühlschrank des Containers kalt gestellt hatte. Ich freute mich auf den kühlen Gerstensaft und präsentierte Ede die sechs Flaschen. „Und was trinkst du?", war seine Frage. Er hatte aus seinem Vorrat an alkoholischen Getränken die fehlenden Flaschen dazugegeben. Als ich nach einigen Bieren dem Flüssigkeitsvolumen Rechnung zollen musste, fühlte ich den Schlüssel zum Baustellencontainer in meiner Hosentasche und da fiel es mir siedend heiß ein! Ich hatte den Container nicht abgeschlossen und da waren ja nun die Akten drin. Wenn die morgen nicht mehr da waren, riss mir Birne den Kopf ab. Ich beendete den Abend nach vier Flaschen und fuhr zurück.

Auf der dorfauswärtigen Seite des Schulgrundstücks parkte ich. Von dieser Seite konnte ich schnell durch ein paar Büsche, die den Bürgerpark säumten, durchschlüpfen und wäre da gewesen. Die Büsche erinnerten mich an den Vorfall im Wald, als ich angeschossen wurde, zudem war es nun schon sehr dämmerig. So war ich sehr vorsichtig und sah zwei Gestalten durch das dichte Blätterkleid eines Haselnussstrauchs, die keine fünf Meter von mir entfernt standen. Es waren Lamberding und Birne. Birne war unverkennbar. Lamberding redete auf ihn ein.

„Mach dir keine Sorgen wegen des Bodens, da werden meine

Jungs ein paar Schüppen Sand drüberstreuen und festrütteln. Dann machen wir noch ein paar Fotos und alles ist o.k. Die Fotos bekommt Dirks."

„Aber wenn wir hinterher Risse bekommen, haben wir den Ärger."

„Wir bekommen keine Risse, die haben doch die Decken mit der vollen Verkehrslast gerechnet, die kommen nie zustande. Und, Sigi, denk doch daran, dass für die Decken massiver Beton vorgesehen war. Wir bauen aber doch nur Hohlkörperdecken ein. Da sparen wir eine Menge Geld. Oder anders gesagt, du kommst deinem Traum von einem schönen kleinen Schiff immer näher. Lass mich mal machen, im Studium hast du doch auch alles so gemacht, wie ich es dir gesagt habe, und was ist dabei herausgekommen? Ein Bauamtsleiter und bald ein Ministerialdirektor. Dein Bewerbungsgespräch in Düsseldorf ist doch super gelaufen! Unser Freund Donnerkeil hat mir schon gesagt, dass nun noch alles eine Formsache ist, und dann bist du in Düsseldorf und dort für Um- und Neubauten der Hochschulen führend verantwortlich. Dann werden wir beide noch große Schiffe verdienen. Dagegen ist diese Nummer Kleinkram."

„Ja, du hast ja recht. Ich werde nur etwas nervös. Ich hatte gar nicht daran gedacht, dass die Düttmann auch etwas mitbekommen könnte, wenn die jetzt hier herumschleicht. Gut, dass du mich darauf aufmerksam gemacht hast, Beermann, dieser kleine Parasit macht nur noch Ärger."

„Lass mal, Sigi, um den kümmere ich mich noch. Und der Düttmann sagst du, dass sie für eine kleine Spende für unseren Waisenkinderverein nicht auf der Baustelle rumlaufen müsste."

Lamberding lachte schelmisch. Das konnte ja noch interessant werden, diese beiden hatten noch viel vor.

Plötzlich hörte ich hinter mir in der osteuropäisch geprägten Aussprache ein sehr drohendes „Wer lauscht denn da!".

154

Ich spürte die dunklen, von schwarzen, buschig-dichten Augenbrauen beschatteten Augen auf meinem Rücken. Und dann ein Pfeifen, wie es beim Blasen über das offene Ende eines massiven Kupferrohrs entsteht. Der Schlag des Rohres auf meinem Rücken, der einen infernalischen Schmerz auslöste, folgte gleichzeitig. Vor meinen Augen bildeten sich Sterne, rote und weiße. Mein Mund öffnete sich, um den Schmerz durch die Zufuhr von möglichst viel Sauerstoff etwas zu lindern. Meine Knie wurden weich und mein Körper sank zu Boden. Ich merkte, wie sich meine Blase leerte. Ich pisste mir in die Hose. Hatte ich bisher eine solche Reaktion für unmöglich gehalten, so wurde ich in diesem Augenblick eines Besseren belehrt. Der warme Urin lief über meine rechte Hüfte. Der Schmerz raubte mir alle Sinne. Doch erfuhr ich, dass es noch schlimmer kommen konnte. In Embryohaltung am Boden liegend, die Arme schützend vor meinem Gesicht, holte ich Luft, um aufzuschreien, um Hilfe zu rufen, an das Erbarmen des Peinigers zu appellieren. Diesen sah ich aus zusammengekniffenen Augen über mir stehend. Sein Fuß schwang nach hinten, das Böse trat mir mit aller Wucht in den Bauch. Ich krümmte mich und würgte das Bier des Nachmittags aus meinem Magen hervor. Nie zuvor hatte ich ein solches Martyrium durchlitten. Ich hörte noch, wie er rief: „Roland, hol den Wagen!" Und noch ein Tritt, diesmal in den Brustkorb. Meine Atmung setzte aus. Dann war es vorbei, der Schmerz löste sich auf, die Angst war verflogen, Stille trat ein, der Hoffnungsfunke flammte auf, die Dunkelheit umschloss mich. Ich fühlte, wie sich meine Seele vom Körper trennte. Würde ich als Engel, wie seinerzeit der Erzengel Gabriel, die Gelegenheit zur Vergeltung bekommen?

Ich glaubte die Augen geöffnet zu haben, doch umfing mich endlose Dunkelheit. In meinen Ohren dröhnte es, mein geschundener Körper sendete Botenstoffe aus, die meinem Hirn Schmerzen signalisierten. Tote sollten keine Schmerzen haben, damit wurde mir bewusst, dass ich nicht den Tod gefunden hatte. Das Dröhnen wurde klarer, es war ein Motor, der das Geräusch von sich gab. Ich fühlte mit meinen Händen meine nächste Umgebung ab. Mit den motorisch gewonnenen Erkenntnissen und dem Rumpeln und Wackeln, das ich spürte, war ich zu dem Ergebnis gekommen, dass ich in einem Kofferraum lag. Zudem drang ein penetranter Geruch nach Benzin in meine Nase. Es konnte nur der Kofferraum eines Autos sein.

Nach einer gefühlten Ewigkeit und der Ungewissheit, was mit mir geschehen sollte, redete ich mir beruhigend ein: „Die werden mich nicht töten, das kann sich selbst Lamberding nicht erlauben." Plötzlich wurde ich nach vorne geschleudert. Der Wagen hielt an. Was nun? Ich beschloss, mich weiterhin bewusstlos zu stellen. Dann würden sie mich bestimmt nicht wieder schlagen. Davor hatte ich Angst. Viel mehr würden sie nicht machen, da war ich mir sicher. Der Kofferraum wurde geöffnet. „Der rührt sich noch nicht." Das war die Stimme meines Peinigers. „Na, dann tragen wir ihn hoch. Ich hätte nie gedacht, dass er uns solchen Ärger machen würde. Eigentlich ist er ein netter Kerl." Es war Klärchen, der mich verteidigte. „Der Ärger ist bald vorbei. Wir heben bereits die Bodenplatte etwas tiefer aus. Den legen wir in ein Bett aus Beton." Die Anklage konnte der Verteidigung nicht folgen und hatte ein Urteil gesprochen. Aber das konnte nur ein Bluff sein, das würden die nicht machen. Ich stöhnte und wurde unsanft aus dem Kofferraum gewuchtet.

Unsanft ging es weiter eine Treppe hoch, ich traute mich nicht, die Augen zu öffnen. Meine Muskeln ließ ich weiterhin unbenutzt schlaff ruhen, die Bewusstlosigkeit sollte echt wirken. Hin und wieder, wenn ich gegen etwas gestoßen wurde, stöhnte ich auf, so, wie es Bewusstlose nach meiner Einschätzung im Allgemeinen machen würden. „So, hier kann er bleiben, durch das

Dachfenster kann er nicht raus." Meine Beine fielen zu Boden. Aus dieser Richtung hatte ich auch die Stimme meines Peinigers vernommen. Mein Oberkörper wurde abgelassen, Klärchen war etwas sanfter. Schritte entfernten sich. „Halt, Roland, wir haben das Telefon vergessen, er soll ja nicht telefonieren." Ich vernahm wieder die Schritte und dann ein Ratschen. Etwas war zerrissen worden. Nun schloss sich eine Tür und der Schlüssel der Tür wurde im Schloss gedreht. Ich war allein.

Vorsichtig öffnete ich die Augen. Der Raum wurde durch spärliches Licht erhellt und offenbarte eine Überraschung: Ich kannte das Zimmer. Es war der Raum mit dem Schlechtwetterfundus für Jäger und Treiber in der lamberdingschen Jagdhütte.

Langsam richtete ich mich auf. Eine Bodendiele knarrte. Ich hielt inne, nicht dass ich mich durch unvorsichtige Geräusche verraten würde. Ich zog mich, um die Lasten besser zu verteilen und das Knarren zu verhindern, an einer Kommode hoch. Aus der Kommode hatte der Erste am letzten Samstag meine Ersatzkleidung genommen. Ich konnte stehen, meine Beine waren o.k. Schmerzen empfand ich am Rücken und an der Brust. Diese waren besonders stark. Bei jedem Atemzug spürte ich einen sehr schmerzhaften Stich. Ich sah an mir runter, mein Shirt und die Jacke waren von dem ausgekotzten Bier besudelt. Im Schritt war meine Einnässung deutlich sichtbar. Diese Schmach würde ich verkraften. In meine Gedanken kroch das „Bett aus Beton". Unsicherheit breitete sich aus. Vielleicht wäre es besser, wenn ich hier verschwinden würde.

Damit hatte ich das Dachflächenfenster untersucht. Es war eher eine verglaste Dachluke, die so klein war, dass ich mich bestimmt nicht hindurchzwängen konnte. Dieser Fluchtweg war nicht möglich. Was sollte ich machen? Von unten hörte ich Stimmen. Die Worte konnte ich nicht verstehen. An der Tür lauschend, wurde es nicht besser. Neben der Kommode befand sich die

Reinigungsöffnung eines Kamins. Wenn ich Glück hatte, dann war das der offene Kamin aus dem Wohnzimmer und durch den konnte ich vielleicht mehr verstehen. Ruß rieselte auf den Boden, als die Klappe sich langsam und schwerfällig öffnete. Ich hielt inne, als das Scharnier etwas zu quietschen begann. Von einem Besuch von Lamberdings Schergen wollte ich unbedingt Abstand nehmen. Der Gedanke an neue Schmerzen trieb mir den Angstschweiß auf die Stirn. Mit meinem Ohr an dem Öffnungspalt hörte ich Klärchens Stimme klar und deutlich.

„Was machen wir denn jetzt?"

„Der Chef hat gesagt, dass wir auf ihn warten sollen. Er soll nur nicht abhauen. Das wird er auch nicht, durch das Fenster kommt er nicht und die Treppe runter geht auch nicht. Da sitze ich mit meinem Sessel vor." Ich hörte, wie etwas verschoben wurde. Das war vielleicht der Sessel, der als Barriere vor der Treppe stehen sollte. „Siehst du, hier kommt er nicht vorbei. Und jetzt hol uns mal ein Bier."

„Alles klärchen." Ich hörte, wie die beiden mit den Flaschen anstießen, dann war Stille. Ein Bier hätte ich nun auch gerne gehabt, zuvor gerne noch eine Tablette gegen die Schmerzen, dann würde alles einfacher aussehen. Nach einiger Zeit hörte ich von draußen ein Fahrzeug. Es bremste abrupt. Deutlich war zu hören, wie die Türen des Autos zugeschlagen wurden, zweimal.

Kurz darauf erklang aus dem Kamin: „Wo ist er?" Es war Lamberding, der hier aggressiv fragte.

„Oben, bei den alten Klamotten, da kann er nicht viel anrichten."

„Das will ich hoffen."

„Er war eben noch bewusstlos. Der ist ziemlich fertig und wird nichts mehr unternehmen." Es war Klärchen, der versuchte, Lamberding zu beruhigen.

„Was machen wir denn jetzt mit ihm?", fragte Birne, seine

Stimme klang nicht sehr selbstsicher.

„Weiß ich noch nicht, aber von dem kleinen Drecksack lasse ich mir das Geschäft nicht verderben. Überleg mal, Sigi, wir haben alle wichtigen Aufträge in der Tasche und nun kannst du die Planänderungen veranlassen, dann fange ich an, die Nachträge zu schreiben. Die Urkalkulationen, die du nächste Woche bekommst, sind alle extra dafür angelegt. Und bei den Leistungen, bei denen wir nichts ändern können, haben wir für genügend Positionen in den Leistungsbeschreibungen gesorgt, die nicht ausgeführt werden. Dann bleiben nur noch die Positionen übrig, bei denen auch richtig Geld übrig bleibt. Denk mal an die Flachdachabdichtung, das haben wir schon vor Monaten so überlegt, und nun so was. Nur weil dein versoffener Bürgermeister dir nicht traut, hat er dir den Kerl vor die Nase gesetzt. Dabei hat der auch keine weiße Weste, denk doch mal an die Baugenehmigung von seinem Schwager, die hätte der doch nie bekommen, wenn die Schnapsdrossel nicht manipuliert hätte. Und der da oben hätte bestimmt schon mit ihm gesprochen, wenn er nicht das Geld brauchen könnte. Jetzt hat er noch das mit Dusseldorf mitbekommen. Das geht nicht, da darf keiner was von wissen, dann können wir die Geschäfte für die nächsten Jahre abschreiben. Ich könnte kotzen. Roland, besorg mir mal einen Schnaps, und da sind noch Unterlagen im Auto, die kannste gleich mitbringen. Die müssen hier im Keller in den Stahlschrank."

„Alles klärchen." Nach einer kurzen Pause sprach er weiter.

„Dimitrie, du fährst gleich noch mal zurück zu deinen Leuten. Ihr hebt mir heute Nacht noch ein Loch aus, in das er reinpasst."

„Wolfi, das kannst du nicht machen."

„Sei ruhig, Sigi, jetzt ist Schluss mit lustig."

„Roland soll ihm gleich Fesseln anlegen, damit nichts passiert. Und wenn du wieder da bist, dann flößt du ihm eine Pulle Schnaps ein. In die kommt das Pulver hier. Gegen fünf fährst du nach Havixdorf und dann kommt der Beton. Wenn es morgen hell wird, ist wieder alles o.k.! Ach, und seine Karre muss noch irgendwo rumstehen. Die fahrt ihr nach Münster zum Hafen, dort, wo die schrägen Vögel abhängen, und zündet den Wagen an. Verstanden?"

„Klar, wird erledigt. Das kostet aber deutlich extra."

„Ist schon klar."

Auf meiner Stirn waren deutlich Schweißperlen entstanden, mein Atmen ging immer schneller. Den musste ich kontrollieren, sonst würde ich hyperventilieren. Ich hatte nun Angst, wirkliche Angst. Was sollte ich tun? Klärchen würde gleich kommen und mich fesseln. Ich beschloss, mich immer noch bewusstlos zu stellen, dann würde er die Fesseln vielleicht nicht so festziehen. Wie sollte ich hier herauskommen?

Die Tür wurde geöffnet. Kurz zuvor hatte ich die Kaminklappe noch geschlossen. Dann lag ich wieder auf dem Boden, hatte die Augen geschlossen und hörte, wie die Tür geöffnet wurde, und die Schritte auf den Bodendielen. „Hey, du Arschloch, ich habe dir doch gesagt, auf Lamberding lass ich nichts kommen. Jetzt musst du sehen, wie du klarkommst." Es war Klärchen, er trat mich leicht in die Seite. Ich rührte mich nicht, stöhnte nur etwas. „Mann, Mann, Mann, ich bin mal gespannt, was der Chef nun mit dir macht. In deiner Haut möchte ich nicht stecken." Er hantierte an meinen Füßen und ich spürte deutlich, wie sich Fesseln fest um meine Knöchel schnürten. Es ruckte etwas. „So, die Knoten bekommst du nicht auf." Er ging zur Tür und ich hörte den Schlüssel im Schloss und war wieder alleine. Dennoch blinzelte ich vorsichtig, als ich die Augen wieder öffnete. Klärchen hatte, wie ich es bereits gefühlt hatte, nur meine Füße gefesselt und mich dann an der schweren Kommode angebunden. Der Knoten sah sehr fest aus und mein Versuch, ihn auf die Schnelle zu lösen, war erfolglos. Das Ding saß richtig fest. Auch der Versuch, die

Kommode anzuheben und somit zumindest die Füße freizube-kommen, funktionierte nicht. Damit war mein Bewegungsraum durch den Fixpunkt am Kommodenfuß sehr eingeschränkt. Auf-stehen konnte ich auch nicht. Doch konnte ich die Kaminklappe wieder öffnen. Damit würde ich verfolgen können, was unten passierte.

Unten regte sich wieder Lamberdings Stimme: „Roland, du bleibst hier, bis dich Dimitrie ablöst!"

„Alles klärchen."

„Wir treffen uns morgen in der Firma!"

„Was passiert denn mit dem da?"

„Das erledigt Dimitrie. Der bekommt eine Abreibung und wird uns nie wieder belästigen."

Meine letzten Stunden brachen an. In Selbstmitleid rannen Tränen über meine Wangen. Vielleicht sollte ich schreien, doch wer sollte mich hören in dieser Einsamkeit, und ruck, zuck hätte ich einen Knebel im Mund und auch noch die Hände gefesselt. Ich musste lächeln und an den Bürgermeister denken, den ich befreit hatte. Mit diesem Lächeln wurden meine Augen schwerer, ich war total fertig und musste erst wieder etwas zu Kräften kommen.

Showdown

Freitag, 3. Oktober

Ich wurde wach. Die letzten Bruchstücke meines Traums hingen in meinen Gedanken. Ich konnte noch Susannes Lippen auf den meinen spüren, es war der Abschiedskuss gewesen. Ich lag immer noch in der Kammer und demnach war ich noch nicht tot. Auf dem Boden, auf dem ich lag, war es dunkel. Mein Körper schmerzte höllisch. Jeder Knochen tat mir weh. Ein Blick auf die fluoreszierende Anzeige meiner Armbanduhr verriet mir, dass es kurz nach zwölf war. Ich musste etwas unternehmen und sah mich im Zimmer um. Durch das Dachfenster schien ein schmales Lichtband in die Ecke der Kommode, so, als sollte ich dem Licht folgen. Auf dem Boden voranrobbend, sah ich um die Ecke der Kommode und da stand das Telefon mit der herausgerissenen Dose, so wie vor einiger Zeit in meiner Bude. Bei mir hatte ich mit einem kleinen Messer die Enden der Leitung abisoliert und dann neu verbunden. Ich nahm das Telefon mit zur anderen Seite der Kommode. Dort war der Wandanschluss. Die Wand wurde nicht vom Mond beschienen, somit musste ich fühlen. Ich fühlte zwei dünne Drähte und hielt sie aneinander. Ein kleiner unbedeutender Funke war zu sehen. Also waren die Enden abisoliert, zudem kribbelte es leicht in den Fingern. Ich robbte wieder ins Mondlicht und untersuchte dort das Telefon. Das Telefonkabel steckte noch in der Dose und hätte durch das Lösen einer kleinen Schraube abgezogen werden können. Doch fehlte mir das Werkzeug. Deshalb musste hier rohe Gewalt zum Ziel führen. Mit einem kräftigen Ruck – ich hatte die Dose zwischen die gefesselten Beine geklemmt – waren die Enden frei, jedoch abgerissen. Das notwendige blanke Kupfer lag unter einer schützenden Schicht Kunststoff. Einer der Kommodengriffe stand etwas ab. Ich legte das Ende des einen Kabels dahinter und drückte den

Griff fest an das Holz. Mit der anderen Hand zog ich das Kabel wieder unter dem Griff hervor und ein kleiner Riss, der Kupfer freilegte, zeigte sich. Diesen Schritt wiederholte ich einige Male und bekam die Enden ausreichend blank. Das zweite Kabel war ebenso einfach zu bearbeiten. Ein Blick auf die Uhr verriet mir, dass eine halbe Stunde vergangen war. Ich musste mich nun sputen. Meine Henkersmahlzeit würde bald kommen. Dimitrie würde bald wieder hier sein. Mit wenigen Bewegungen war ich bei dem Wandanschluss und verzwirbelte die Kabel miteinander. Ich hob den Hörer ab und hörte das Tuten einer freien Leitung. Ich würde nun Rettung rufen können. Meine Finger wählten schon die zweite Eins von 110, als mir der Gedanke der Verbindung zwischen Staatsanwaltschaft und Lamberding in den Kopf schoss. Ich durfte nicht die Behörden anrufen. Ich wählte meine eigene Nummer. Es tutete, drei-, fünf-, zehnmal und noch ein paarmal mehr, dann war die Leitung tot. Panik durchströmte mich erneut. Ich legte auf und versuchte es erneut. Nach dem fünften Mal meldete sich mein Mitbewohner.

„Scheiße, wer ruft so spät an?"

Ich flüsterte: „Ich bin's, Adrian, ist sitze total in der Scheiße, du musst mir helfen."

„Ich verstehe dich kaum, rede mal lauter!"

„Geht nicht, dann werde ich entdeckt. Ich wurde gefangen genommen und die wollen mir morgen früh das Licht ausdrehen. Ich erkläre dir, wohin du musst. Und fahr bei Ede vorbei, der kann dir helfen, und nehmt euch einen Knüppel oder so etwas mit, hier ist ein sehr unbequemer Knabe, der wird euch nicht reinlassen wollen. Da ist auch noch ein schmiedeeisernes Tor, das ihr vermutlich aufbrechen müsst." Ich erklärte ihm die restlichen Einzelheiten. „Ich soll bald abgeholt werden. Du musst dich beeilen, wenn du meine Bude nicht ganz für dich alleine haben willst."

„Das ist ein interessanter Gedanke, aber keine Angst, ich fahre sofort los."

Er legte auf. Nun galt es zu warten. Das Telefon legte ich in die Ecke, sodass es nicht sofort gesehen wurde, wenn die Tür sich öffnete. Die Kaminklappe konnte ich nun wieder öffnen. Unten war alles ruhig, ich hörte ein leises, rhythmisches Geräusch. Das konnte ein Schnarchen sein. Roland, mein Bewacher, ruhte sich aus.

Von Münster bis zu Ede waren es circa dreißig Minuten. Von dort bis hierhin keine fünfzehn Minuten. Damit müssten die Jungs spätestens in einer Stunde hier sein. So gegen zwei Uhr. Dann würde auch der Typ von unten hochkommen und mir den Schnaps einflößen wollen, vielleicht auch schon früher. Sollte meine Zeitplanung nicht richtig sein und der Schnaps eher kommen, so hätte ich ein Problem. Die Zimmertür ging nach innen auf. Wenn ich die Kommode auch nicht anheben konnte, so konnte ich diese doch vor die Tür schieben. Doch durfte ich das nicht sofort machen, dann würde der Typ wach werden. Also musste ich lauschen, was sich so tat. Noch war nur der Rhythmus des Schnarchens zu hören. Der Typ hatte Nerven! Auf dem Boden liegend, lauschte ich zu der Kaminöffnung hoch. Die Zeit kroch langsam dahin, meine häufigen Blicke auf die Uhr änderten nichts daran.

Eine Endlichkeit später – meine Uhr zeigte, dass eine Dreiviertelstunde vergangen war – hörte ich ein Motorengeräusch. Waren es meine Retter? Nein, nur eine Tür des Fahrzeugs wurde zugeschlagen.

Die Haustür wurde geöffnet und ich hörte: „Hey, du Penntüte, du kannst nach Hause fahren!" „Alles klärchen!"

Das war das Signal, nun sollte mein Henker zu mir kommen. Zu früh! Ich musste den Plan mit der Kommode umsetzen und stemmte mich gegen das schwere Möbel, um dessen Standort zu ändern. Die Tür war das Ziel. Doch bewegte sich das Ding keinen Millimeter, stattdessen schob ich mich selbst über die Holzdielen. Hinter mir stand eine Kiste. Ich fischte die Kiste mit ausgestrecktem Arm und stellte sie hinter mich. Nun hatte ich einen Widerstand im Rücken, damit würde ich alle Kraft auf die Kommode bringen können. Einen Augenblick hielt ich inne, um den Geräuschen von unten die Möglichkeit zu geben, in meine kleine Kammer zu gelangen. Ich hörte, wie ein Auto wegfuhr, das musste Klärchen sein. Nun war ich mit meinem Henker alleine. Er begann, seinen Morgenschleim abzuhusten. Sollte ich dies überleben, so wäre es ratsam, darüber nachzudenken, mit dem Rauchen aufzuhören, damit ich mich nicht in ein paar Jahren so anhören würde wie der da unten. Die Gunst des Augenblicks nutzend, bot ich alle Kraft auf, um die Haftung der Möbelfüße auf den Dielen zu brechen. Es knackte leicht, aber vernehmlich. Die Kommode bewegte sich. Ich hatte ihren Widerstand gebrochen, das Mistding bewegte sich, der erste Erfolg heute. Nun musste ich nur noch einen Meter überwinden. Doch wenn ich für diese einhundert Zentimeter so lange brauchen würde wie für die ersten vier Zentimeter, dann könnte es sein, dass meine Jungs zu spät kommen würden. Von diesem Gedanken angetrieben, machte die Kommode einen deutlichen Satz nach vorne. Mein Vorhaben produzierte nun jedoch deutliche Geräusche und dieses Haus war nicht schallabsorbierend gebaut worden. Damit war es auch sinnlos geworden, Lärm zu vermeiden. Ohne dieses Hemmnis war die Kommode nun recht schnell vor der Tür. Ich positionierte mich nun auf der türabgewandten Seite, um dort die Türsperre zu unterstützen, wenn er versuchen würde, diese zu verschieben.

Gerade noch rechtzeitig hatte ich die neue Funktion der Kommode in Betrieb genommen. Die polternden Schritte auf der Treppe waren unverkennbar und schon wurde der Schlüssel im

Schloss der Zimmertür gedreht. Ich stemmte mich mit aller Kraft gegen die Kommode, um den Schwung des Öffnungsvorgangs der Tür erst gar nicht entstehen zu lassen, und tatsächlich, die Tür bewegte sich nur einen Spalt. „Hey, du Arschloch, mach die Tür auf, du kommst hier ohnehin nicht raus!", donnerte es mir von der anderen Seite der Tür entgegen. Ich blieb still und sagte kein Wort, vielleicht würde dies meinen Henker verwirren. Doch er ließ sich nicht verwirren und stemmte sich nun mit aller Kraft gegen die Tür. Doch stand mir hier die Physik hilfreich zur Seite. Ich musste, um zu verhindern, dass sich die Kommode bewegte, nur einen Bruchteil an Kraft aufbringen. Jedes Mal, wenn er da draußen wie ein Rammbock gegen die Tür lief, schob ich die Kommode wieder zurück an ihre schützende Position. Er hatte keine Chance und da halfen auch seine wuterfüllten muttersprachlichen Schimpftiraden nichts. Plötzlich hörte ich, wie er aufgab und die Treppe herunterlief. Gab er auf? Ich sah auf die Uhr. Von der Stunde, die ich meinen Rettern zugebilligt hatte, waren fünfundfünfzig Minuten abgelaufen. Ich musste noch etwas aushalten. Wenn er noch Hilfe holen wollte, dann würde das länger als fünf Minuten dauern.

Er holte keine Hilfe, sondern kam nach zu kurzer Zeit wieder die Treppe hoch. Ich vermutete, dass er mit Wucht gegen die Tür laufen würde, und spannte meine Muskeln. Doch oben angekommen – ich konnte dies deutlich unterscheiden, die Geräusche auf der Treppe waren anders als auf den Bodendielen –, hielt er inne. Für eine oder zwei Sekunden. Dann wusste ich warum. Mit einem knirschenden, dumpfen Krachen erbebte das Türblatt. Es folgten zwei weitere kräftige Schläge und durch das Blatt der Tür fraß sich eine Axt. Ich konnte die Schneide nun deutlich sehen. „Nun, Bürschen, ich werde dich holen", drohte es von der anderen Seite der Tür. Er schien vor den Konsequenzen der Sachbeschädigung keine Angst zu haben. Es gelang mir aufzustehen, aus nackter Angst vor einem schrecklichen Ende dieses Tages. Mit an der Kommode angebundenen Beinen stand ich unsicher vor der Tür und sah, wie sich die Axt immer weiter in das Türblatt fraß. Ich musste ihn aufhalten, musste Zeit gewinnen. Ich sah mich um. Was um Himmels willen war in greifbarer Nähe, das seinen Durchbruch verzögern würde? Rechts von mir war ein Stuhl. Ich beugte mich über die Kommode und konnte soeben mit zwei Fingern an die Stuhllehne heranreichen. Just in dem Moment, als meine Finger den Stuhl hätten von der Wand wegbewegen können, krachte es erneut. Diesmal hatte er sich gegen die Tür geschmissen. Ich begann zu taumeln. Mit der rechten Hand, die gerade noch den Stuhl angeln wollte, erwischte ich soeben einen der alten Griffe der Schubladen und konnte damit meinen Sturz verhindern. Sein Angriff stockte. Ich hörte, wie er schwerer atmete. Er hatte konditionelle Schwächen, die ich nicht vermutet hätte. „Warte, gleich bin ich bei dir." Sein Atem ging stoßweise. Ich führte seine konditionellen Probleme auf den übermäßigen Konsum von Zigaretten zurück. In dieser kleinen Pause von vielleicht zehn Sekunden gelang es mir, den Stuhl zu mir zu ziehen. Ich hatte den Stuhl gerade hochgehoben, um ihn der Axt vorzuwerfen. Da dröhnte auch schon der nächste Schlag auf die Tür ein. Die Axt zog sich zurück, ich schob den Stuhl vor den nun schon beachtlichen Spalt. Mit einem Schlag war das erste Stuhlbein abgebrochen. Ein kräftiger Schlag durchfuhr mein Handgelenk, er hatte alle Kraft in den Schlag gelegt. Als der nächste Schlag kam, war die gesamte Axt zu sehen. Durch den Spalt blickten ein paar kalte schwarze Augen. „Du hast keine Chance, ich hole dich da raus, und wenn es bis morgen früh dauert." Fast hätte ich gebrüllt: „Das ist ja meine Chance, wenn es bis morgen früh dauert, dann bin ich gerettet." Ich konnte es mir soeben verkneifen. Zudem wäre der Satz in dem Getöse des nächsten Schlags untergegangen. Das Loch wurde größer, die

Axt krachte in das Holz und blieb stecken. Diesen Augenblick nutzte ich, um ein Stuhlbein auf die Axt zu drücken. Er konnte seine Waffe nun nicht sofort zurückziehen. Er zerrte an der Axt hin und her, hob sie dann an und hatte sie frei. Wieder Sekunden gewonnen. „Mach das nicht noch mal!", brüllte er von der anderen Seite und ließ die Tür erneut unter der Wucht des Werkzeugs erzittern. Die Axt rutschte durch das Loch und der Stiel krachte in die klaffende Wunde der Tür. Er zog an dem Stiel und hob ihn nicht sofort an. Diesen Fehler nutzend, presste ich den Stuhl auf die Axt. Die Axt steckte fest. „Lass das Ding los, ich drehe dir den Hals um!" Die Drohung konnte mich nicht mehr ängstigen, es war ohnehin seine Absicht. Er zerrte und rüttelte. Ich musste alle Kraft aufbringen, damit die Axt an ihrem Platz stecken blieb. Mein Glück war, dass ich die Physik auf meiner Seite hatte und ich meine geringeren Muskelkräfte optimaler einsetzen konnte. Wilde Drohungen und vermutlich muttersprachliche Flüche wurden mir entgegengeschleudert. Doch es änderte nichts an der für mich ungünstigen Situation. Er hörte auf, an dem Stiel der Axt zu zerren, und lief die Treppe herunter. Ich wischte mir den Schweiß von der Stirn und brachte meine Atmung wieder unter Kontrolle. Die Axt zog ich durch den Spalt in der Tür zu mir und hieb mit einem Schlag das Seil, das mich band, durch. Jetzt war ich nicht mehr an die Kommode gefesselt. Ich hüpfte mit meiner Waffe in der Hand zu einem in der hinteren Raumecke stehenden Sessel. Dort angekommen, begann ich, die Fußfesseln mit der Axtschneide vorsichtig zu durchtrennen. Seit meinem Anruf war über eine Stunde vergangen. Vielleicht konnte ich nun doch noch selbst fliehen.

In dem Augenblick, als die Fesseln sich lösten, hörte ich ihn und welches Werkzeug er nun benutzen würde. Ich verharrte, das Röhren des Motors einer Kettensäge war unverkennbar. Er arbeitete den Motor warm, indem er den Gashebel immer wieder vollständig durchdrückte. Ich schnitt die Fußfesseln nun ohne Rücksicht auf die Verletzungsgefahr durch. Das auf- und abschwellende typische Motorsägengeräusch signalisierte sein Näherkommen. Und dann erfolgte der Angriff, das Röhren der Säge schwoll auf hörschädigende Lautstärke an. Ich dachte an meinen Gehörschutz, den ich in der Lehre oft getragen hatte, und daran, dass eine Schädigung meines Gehörs in diesem Augenblick eher unbedeutend wichtig war. Ich umfasste den Griff der Axt, die ich nun zum Zwecke der Selbstverteidigung zu benutzen gedachte, fest und positionierte mich breitbeinig hinter der Kommode. Zuerst musste er ja noch einiges klein sägen. Das Sägeblatt erschien auf meiner Türseite und fräste einen deutlichen Schnitt in die Tür. Mit drei weiteren geschickten Schnitten hatte er im oberen Bereich der Tür einen Lichtausschnitt produziert. Das ausgeschnittene Türblatt wurde mir entgegengeschleudert. Über das Leerlaufmotorengedröhne brüllte er mir mit grimmiger Grimasse entgegen: „Jetzt habe ich dich, gleich bist du dran!" Ich hatte keine Worte, die ich hätte erwidern können, meine Gedanken wurden beim Anblick der Säge durch nackte Angst beflügelt und mein Herz, das nun schon eine geraume Zeit schnell geschlagen hatte, beschleunigte nochmals. Ich hoffte, dass ich nicht noch einen Herzinfarkt bekommen würde. Mein Widersacher schien nicht solche Gedanken zu haben. Dass ich die Axt hatte, schien für ihn nebensächlich, er wollte zu mir. Der Motor der Säge wurde wieder auf Höchstleistung beschleunigt und die Kette fraß sich erneut in das Türblatt, diesmal nach unten. Die Beschädigung der Kommode war auch kein Hinderungsgrund. Damit fiel die Tür nach wenigen Schnitten zusammen. Ich konnte ihn in seiner ganzen beängstigenden Gestalt vor mir sehen. Er legte den Schalter der Säge um. Die wollte er nicht mehr einsetzen. Das war hoffnungsvoll. Als er die Säge abgestellt hatte, verschwand er kurz hinter der Kommode und hatte dann einen Knüppel in der Hand, der eine beachtliche Größe hatte und länger als meine Axt war. Damit wollte er mich anscheinend niederstrecken.

Doch zuvor begann der Kampf um die Kommode. Er stemmte sich auf der einen Seite dagegen, ich auf der anderen Seite. Leider musste ich feststellen, dass die Physik nun nicht mehr auf meiner Seite war, er war mir an Kraft überlegen. Ich würde nicht sagen, deutlich, aber er war stärker. Vielleicht lag es auch an den vor Angstschweiß feuchten Handflächen. Damit hatte er die Kommode recht schnell zurückgeschoben und trat über die Schwelle. Ich nahm meine Streitaxt vor die Brust und bereitete mich darauf vor, bei seiner ersten Attacke seinen Kopf zu spalten oder ihm zumindest wehzutun.

Ein gewaltiges Getöse, dem das Tuten eines Nebelhorns folgte, durchbrach die Stille vor dem ersten Schlag. Waren das die Jungs? Auch für meinen Angreifer war das Geräusch eine Überraschung. Seine Augen weiteten sich. Draußen schlugen Türen zu und ich hörte Stimmen. Eine rief: „Hat hier jemand ein Taxi bestellt?" Es war Ede, der da rief. Ich war gerettet! Der erste Versuch, ihm zuzurufen, scheiterte an meinen noch durch Todesangst verkrampften Stimmbändern. Ich musste schlucken und erwiderte ihm dann laut rufend: „Ja sicher, kommen Sie doch rein, unten ist bestimmt auf!" „Halt dein Maul!", brüllte mich Dimitrie an und stampfte nach unten. Immer noch von den Ereignissen gelähmt, blieb ich in meiner Zelle.

Ich hörte von unten eine weitere Stimme. Es war Tom, der da rief: „Hände hoch, sonst hast du ein Loch im Pelz!" Tom brachte sein Kupferrohr zum Einsatz.

„Adrian, wo bist du? Zeig dich!"

Langsam setzte ich mich in Bewegung, zog die Kommode noch ein Stück zurück und stieg dann die Treppe herunter in die Freiheit. Heute war mein dritter Geburtstag. Einmal schon war ich dem Sensenmann von der Schüppe gesprungen und heute wieder. Aller guten Dinge sind drei. Zukünftig musste ich mich vorsehen. Oder hatte eine Katze nicht auch sieben Leben?

Unten angekommen, sah ich die drei jungen Männer entspannt in dem großen Raum stehen. Lediglich Tom wirkte etwas angespannt, er hielt meinem erfolglosen Henker tatsächlich das Kupferrohr in den Rücken und brüllte ihn erneut an: „Bleib stehen, sonst hast du eine Kugel im Rücken!" Ulf kam zu mir. „Brauchst du Hilfe?" „Jetzt nicht mehr, Freunde. Ihr seid ja da und nicht zu früh. Mann, Mann, Mann, war das knapp! Ede, da oben liegt noch ein Seil, das dürfte ausreichen, um ihn zu fesseln." Ede spurtete die Treppe hoch und rief: „Haben die kein Kaminholz?" Ich war noch nicht wirklich für diese Art von Humor empfänglich. „Ulf, ich brauche jetzt zwei Dinge. Erstens eine Kippe und zweitens einen Schnaps. Und Tom, wenn der sich rührt, drück ab. Jedes Zögern macht nur Scherereien und in Havixdorf ist ein Loch, da passt er rein." Tom grinste mich verschwörerisch an. Ulf brachte Schnaps und Zigaretten. Ede rief von oben: „Ist ein bisschen kurz. Ich sehe mich mal um." Nach dem Schnaps ließ die Schwäche in den Knien nach und in meinem Bauch breitete sich Wärme aus. Ede hatte zwei Seile gefunden, die aussahen wie die Kordel eines alten Vorhangs. Er fesselte Dimitrie mit beachtlicher Routine. „Hast du das schon öfter gemacht?" „Ich war Ziwi in einem Heim für schwer erziehbare Jugendliche. Da habe ich so manches gelernt." „Stopf ihm auch was in den Mund, ich muss jetzt telefonieren." Was hatte Ekki, der Finanzbeamte, gesagt: viermal die Sechs und die Vorwahl von Düsseldorf. Die Vorwahl wollte mir nicht einfallen! „Kennt jemand von euch die Vorwahl von D.-dorf?" „0211!", rief Tom aus einer Ecke des Raumes, in die sie den Russen transportiert hatten. Auf einem Sekretär stand ein Telefon. Nach dreimaligem Tuten meldete sich, womit ich nicht wirklich gerechnet hatte, eine wache Stimme. „Amt für Korruptionsprävention und -bekämpfung, Krümpel, was kann ich für Sie tun?" „Mein Name ist Adrian Beermann. Können Sie das Gespräch aufzeichnen?" „Kein Problem, ich zeichne das Telefonat nun auf." Nun erzählte ich dem Beamten am anderen Ende, was sich hier zugetragen hatte. Lediglich mein Versuch, auch Gewinn aus dem Betrug zu ziehen, verschwieg ich. Ich war ja nun auch nicht direkt in Aktion getreten. Herr Krümpel teilte mir sachlich mit: „Ich werde das an den zuständigen Abteilungsleiter weiterleiten und der wird vermutlich das BSK voraussenden. Bleiben Sie vor Ort, bis das BSK kommt!" „Was ist das BSK?" „Das Beweissicherungskommando, ohne Beweise keine Anklage! Kann ich Sie dort telefonisch erreichen?" Auf der Wählscheibe des Telefons stand in säuberlicher Schrift die Nummer. Ich nannte sie ihm. „So, Jungs, wir müssen noch bleiben, bis die Polizei aus Düsseldorf kommt. Macht es euch bequem." Ulf sah mich mit mitleidigen Augen an und schlug vor: „Zieh du dich um, du stinkst ganz entsetzlich, vielleicht findest du ein paar Klamotten hier im Haus. Ich sehe mal nach, ob noch Bier da ist, und vielleicht finde ich noch was zu essen." „Warte, ich möchte keine Überraschung mehr erleben. Ist das Tor noch intakt?" „Komm mit, ich zeige es dir." Ulf und ich gingen nach draußen. Vor dem Haus stand ein Lkw, so ein Riesending, wie sie in den USA gefahren werden, mit einem entsprechend großen Kuhfänger. Unter der Hinterachse lag ein Teil des Tores. „Du sagtest doch, dass wir uns beeilen sollen!" „Ja, ist ja auch o.k., ich hatte nur nicht eine solche Effizienz erwartet. Dreh den Lkw und fahr ihn in die Einfahrt, dann kann zumindest kein Auto auf den Hof."

Die Nacht forderte ihren Tribut, meine Mannen und ich saßen auf den lamberdingschen jagdgrünen Sesseln und Sofas und hingen, nachdem ich ihnen den gesamten Sachverhalt geschildert hatte, einer deutlichen Schläfrigkeit nach. Erneut verstrich die Zeit in dieser Nacht schleppend, ich hoffte, dass das BSK nicht zu lange brauchen würde. Lange würden wir die Augen nicht mehr offen halten können. Einziger Lichtblick war die Ruhe der Nacht, es drangen keine verdächtigen Geräusche zu uns durch. Unser Gefangener hatte sich seinem Schicksal ergeben und schnarchte laut vor sich hin.

Mit aufkommender Morgendämmerung und zunehmender Geräuschkulisse der erwachenden Waldbewohner – all jener, die kürzlich nicht dem Gemetzel zum Opfer gefallen waren – drang das Tatütata der Exekutiven zu uns vor. „Ulf, wir machen den Weg wohl mal besser für das BSK frei." Als wir heraustraten, sahen wir schon die Scheinwerfer der nahenden Fahrzeuge. Ich drängte mich an Ulfs Lkw vorbei, um die notwendigen Anweisungen zu geben. Doch wollte von diesen keiner etwas wissen. Vier nicht besonders gekleidete Männer und zwei als solche erkenntliche Polizisten stürmten an mir vorbei. Der letzte und damit siebte BSK-Mann trat an mich heran. „Sind Sie Herr Beermann?" „Ja, ich habe Sie gerufen, die wollten mich umbringen. Sie müssen im Keller nachsehen, dort sind gestern Abend Akten deponiert worden." „Keine Sorge, junger Mann, Sie sind nun in Sicherheit. Wir nehmen alles an Papier mit, das verdächtig aussieht. Ich nehme nun noch die Personalien aller Anwesenden auf und dann können Sie gehen." „Da ist noch einer, der mich töten wollte. Meine Freunde, die mich befreit haben, haben ihn gefesselt. Er liegt im Wohnzimmer." „Meier zwo, nehmen Sie einmal die Personalien des Herrn auf, dann kann er gehen!", wies er, ohne weiter auf mich einzugehen, einen der uniformierten Beamten an. Unsere Hilfe war wohl nicht mehr gefragt. „O.k., Jungs, wir reiten davon."

Ulf brachte erst Tom und Ede nach Holzhausen und dann mich zu meinem Auto. Auf der Baustelle brannte im Container Licht und auf dem Platz davor standen zwei Fahrzeuge, auf einem drehte sich das Blaulicht. Ein Betonmischer lud etwas weiter entfernt seinen Frischbeton ab. Mein Magen verkrampfte sich, der Beton war für mich bestimmt gewesen. Nun füllte er ein leeres Grab. Mein Heimweg führte mich am Rathaus vorbei. Auch hier war das BSK, nur drehten sich hier mehr Blaulichter und Uniformierte und Beamte in Zivil kamen, mit Akten bepackt, aus dem Rathaus heraus. Emsig wie die Ameisen trugen sie die Akten vor sich her. Welche Büchse hatte ich geöffnet? Für Birne und Lamberding würde es der Öffnung der Büchse der Pandora gleichkommen. Was wohl der Bürgermeister nun machen würde? Ich würde ihn später noch aufsuchen. Nun musste ich schlafen, ich war total erledigt und musste mir eingestehen: Ich war kein Held wie in den Filmen, wo Schlaflosigkeit und schocktraumatische Erlebnisse an den Protagonisten einfach abprallten.

Ich hatte gerade mal drei Stunden geschlafen, da rief mich der Bürgermeister an.

„Herr Beermann, wo sind Sie? Kommen Sie heute nicht nach Havixdorf? Hier ist was Schlimmes passiert. Ich muss unbedingt mit Ihnen reden!"

Eine Stunde später saß ich, immer noch müde, in seinem Büro. Er hatte die obligatorische Flasche heute nicht auf dem Beistelltisch stehen. Mit der Flasche in der Hand bot er mir an: „Auch einen?" „Ne, lassen Sie mal! Der Tag ist auch so aufregend genug."

„Das ist ja das Problem, ich kriege hier noch ein Magengeschwür. Es ist was ganz Schlimmes passiert. Setzen Sie sich, das werden Sie nicht glauben! Unser Herr Gutmann ist verhaftet worden, ich musste ihn suspendieren, und auch der Herr Lamberding, der von der Baufirma, den kennen Sie doch oder?"

„Ja, den kenne ich und Sie müssen mir ..."

„Warten Sie, Adrian, ich muss das erst mal loswerden. Ich darf doch Adrian sagen oder?" „Kein Problem, Herr Bürgermeister."

„Nun, Sie hatten mir ja neulich schon mal von den Ausschreibungen berichtet, dass Sigi, ich meine, Herr Gutmann, alles so gut regelt." Er nahm einen Schluck Rotwein aus einem Wasserglas.

„Ich erinnere mich noch, was das für Folgen hatte."

„Nun unterbrechen Sie mich nicht immer. Also, wir hatten heute in den frühen Morgenstunden eine Spezialbehörde aus Düsseldorf im Haus. Die haben mich um fünf aus dem Bett geholt. Die behaupten, dass der Sigi im großen Stil manipuliert hat und korrupt ist."

„Das ist richtig, ich habe in Düsseldorf angerufen und eine Anzeige abgesetzt." Während er nun meinem Bericht mit staunenden Augen und blasser werdendem Blick folgte, füllte er sein Glas zweimal nach. „Und abschließend möchte ich Ihnen noch einen Tipp geben, denn das wird bestimmt von denen ausgeplaudert. Sorgen Sie dafür, dass die Baugenehmigungsakte von Ihrem Schwager sauber ist. Das war die Begründung des Havixdorf-Komplott, dass auch Sie manipuliert haben."

„Oh nein, das darf nicht rauskommen, dann bin ich erledigt. Ich werde sofort etwas unternehmen. Kann ich mich auf Ihre Verschwiegenheit verlassen?"

„Klar! Da ist noch eine Sache, die Sie wissen sollten, Herr Guttmann wird bestimmt auch ausplaudern, dass Ihr Kind von ihm ist. Damit müssen Sie offen umgehen, sonst wird das zum Problem. Keine Geheimnisse mehr. Zeigen Sie kommunalpolitische, demokratische Transparenz."

„Woher wissen Sie das denn mit Sigis Vaterschaft? Das ist echt geheim, das weiß nur meine Frau, Sigi und ich."

„Ganz einfach, Sigi erzählt es im Puff und die Dame aus dem Puff, die auch immer zu Ihnen kommt und auch vergessen kann, die Fesseln zu lösen, erzählt es mir."

„Was! Sigi geht auch zu Jacqueline. Und Sie auch!"

„Ne, ich nicht. Sie hat mich nur in ihrem Auto mitgenommen und dabei erzählte sie mir alles. Was passiert denn jetzt mit dem Schulneubau?"

„Da die Zahlungen aus Düsseldorf eingestellt werden, können wir uns das nicht mehr leisten, der Neubau muss eingestellt werden."

„Und mir kündigen Sie?"

„Gott bewahre, Herr Beermann, wer soll denn den ganzen Firmen kündigen und die Rückabwicklung vornehmen? Das wird Düsseldorf bestimmt verlangen. Wer außer Ihnen könnte das denn machen? Sie sind ab sofort mein neuer Bauamtsleiter!"

„Geben Sie mir ein paar Tage Zeit, ich muss mich erst etwas erholen!"

Er griff in eine Schublade und holte einen Schlüssel raus. „Das ist der Hausschlüssel zu unserer gemeindeeigenen Ferienwohnung in Pornic in Frankreich an der Atlantikküste. Da fahren Sie mit Ihrer Freundin - ich hoffe es ist keine Mrs. Columbo - für vierzehn Tage hin und danach räumen wir zwei hier auf."

Die Belohnung

Wir saßen in einem kleinen Café in dem kleinen Hafen von Pornic auf einer kleinen Terrasse, hatten unsere Jacken fest geschlossen. Auf dem Tisch mit dem nicht mehr ganz sauberen Tischtuch lag eine Schachtel Gauloises und in meiner Hand hielt ich ein Glas Rotwein. Charles Trenet säuselte im Hintergrund „La Mer". Ich verstand kein Wort und hielt Susannes Hand. Der Atlantik vor uns spiegelte silbrig, verschmolz am Horizont mit dem tief stehenden Sonnenhimmel, vor uns brachen sich die kleinen Wellen zu Schaumkronen und ich fühlte den Frieden in mir.

Der Bürgermeister hatte nicht zu viel versprochen! Das Ferienhaus in Pornic war super, der Keller gut gefüllt mit Rotwein. Er hatte gesagt: „Fühlen Sie sich dort wie zu Hause!" Dem waren wir nachgekommen und meine äußerlichen Wunden waren schnell verheilt. Nachts träumte ich öfter von einem Grab aus Beton und wachte dann fast schon hyperventilierend auf. Zukünftig würde ich die Finger vom schnellen Geld lassen.

Nach zwei Wochen Urlaub meldete ich mich im Rathaus. Der Bürgermeister bat mich sofort zu sich.

„Und hat Ihnen Ihre Belohnung gut getan?" „Ja, ich bin wieder fit, Sie müssten den Weinvorrat jedoch etwas auffüllen." Er grinste mich vielsagend an.

„Ich glaube, das ist der Beginn einer wunderbaren Zusammenarbeit! Sag Josef zu mir! Lasst uns anstoßen."

„Nicht so schnell, Josef, ich stehe Ihnen für die nächsten sechs Monate zur Verfügung, dann aber für mehr Geld. Nach den sechs Monaten schreibe ich hier bei Ihnen meine Diplomarbeit über die Anwendung des Vergaberechts in kleinen Gemeinden. Diese Zeit zahlen Sie auch noch!" „Einverstanden!" „Danach werde ich Sie verlassen und Statiker werden!"

Als ich drei Jahre später erneut in Havixdorf vorbeifuhr, war auf dem ehemaligen Bauplatz ein kleiner Hügel entstanden, der Rodelberg von Havixdorf, wie mir einige vorbeilaufende Kinder berichteten. Birne musste für fünf Jahre in den Knast und verkauft heute Eis in einer kleinen Eisdiele irgendwo an der A45. Etwas besser kam Lamberding davon, er bot seine Zusammenarbeit bei der Aufklärung anderer Fälle an, verkaufte seine Firmen gut und soll heute als Einsiedler auf einer Nordseeinsel wohnen.

Danke

Die Geschichte dieses Buches ist vollständig in öffentlichen Verkehrsmitteln entstanden. Mittlerweile entfaltet sich meine Fantasie hervorragend, wenn ich im Bus auf meinem Lieblingsplatz sitze. Damit gebührt den Fahrerinnen und Fahrern der Busse, die kreuz und quer sicher durch das Münsterland fahren, mein erster Dank.

Dass ich Freude am Vergabewesen entwickeln konnte, liegt auch an meinem früheren Fachabteilungsleiter Mathias. Er hat mir die Notwendigkeit der Gleichberechtigung, Diskriminierungsfreiheit und das Transparenzgebot bei öffentlichen Vergaben einleuchtend und prägend darlegen können.

Würde die Geschichte überhaupt jemanden interessieren? Diese Frage bejahte Michael, als er die ersten siebzig Seiten gelesen hatte. Technische Details zu der Reparatur von defekten Telefonanschlüssen wurden mir von Peter vermittelt. Die Details einer Treibjagd konnte mir mein Vater erläutern, und dass das Rollverdeck eines alten R4 nie dicht war, wusste Sandra noch, die einmal ein solches Fahrzeug fuhr.

Ein besonderer Dank an meine Mutter, Rita und Sandra und andere, die mir als Testleserin die Bestätigung aussprach, die mir von Nichtbaumenschen noch fehlte.

Ohne meine Erstkorrektorin Jutta hätte ich mich nicht getraut, das Manuskript weiterzugeben.

Bereits veröffentlicht

Die Sehnsüchte eines Studenten

Der Autor schlüpfte in den unerfahrenen Ingenieurstudenten Adrian und führt die Leserschaft mit ihm in einen früheren persönlichen Lebensabschnitt, welcher aus der Suche nach der großen Liebe, Überwindung elementarer Enttäuschungen und das Erreichen der eigenen Balance besteht. Transparent und einfühlsam werden die einzelnen Begegnungen mit den unterschiedlichen Frauen geschildert, die den Lebensweg des jungen Mannes maßgeblich beeinflussen. Münster in Westfalen und die Fachhochschule Münster sind der Schauplatz der Geschichte, des Sauerländers Adrian. Begleitet wird die Geschichte von der Musik Al Jarreau, Hermann van Veen, Edith Piaf und anderen.

- **Broschiert:** 180 Seiten
- **Verlag:** Books on Demand; Auflage: 1 (16. November 2011)
- **ISBN-10:** 3842363710

Bücher zum Thema beim Vieweg+Teubner:

Vergabepraxis für **Auftraggeber**

Rechtliche Grundlagen - Vorbereitung – Abwicklung
ISBN: 978-3-8348-1325-1

Vergabepraxis für **Auftragnehmer**

Rechtliche Grundlagen - Angebot – Durchführung
ISBN: 978-3-8348-1500-2